AI와 **로봇**에게 **일자리**를 빼앗기지 않는 법

취업을 넘어 미래를 창조하려는
공고 아이들의 몸부림

파도에
휩쓸릴 것인가?
올라탈 것인가?

AI와 로봇이 본격적으로 우리의 일상 속에 파고들게 되면 특성화고등학교 학생들의 일자리는 매우 심각한 위협에 처해 지게 될 것입니다. 아마도 우리 학생들이 배우고 있는 대부분의 전공 기술들이 로봇과 AI로 대체될지도 모릅니다. 하지만 그렇다고 마냥 일자리를 빼앗길 수만은 없는 노릇입니다. 그래서 앞으로 10년 뒤(빠르면 5년) 자신에게 심각한 위협으로 닥칠 자신의 미래에 대해 고민할 기회를 만들어 주고 싶었습니다.

해법은 '기업가 정신'에 있다고 생각하였습니다. 이세돌이 알파고를 이겼던 오직 그 한 판 역시, 알파고가 미처 계산하지 못한 인간의 예측불허한 창의력으로 가늠되었습니다. 저는 아이들이 느낀 미래에 대한 불안감을 발전적인 상상력의 원천으로 바꾸어보고 싶었습니다. 이를 위해 창업가라는 실제 상황을 조성하고 스스로 창업 아이템을 개발해보게 하였습니다. 그렇게 하여 속수무책으로 AI와 로봇에게 일자리를 빼앗기고만 있을 것이 아니라, 학교에서 배운 전공 지식들을 바탕으로, 역으로 AI와 로봇을 활용하는 공장을 경영하는 사람이 되어 보자 제안하였습니다.

자기중심에 일방적인 아이디어가 아니라 공감을 바탕으로 사람들이 일상생활에서 겪는 불편함을 개선할 수 있는 아이디어를 계발할 수 있도록 '디자인씽킹(Design Thinking)' 기법을 활용하였습니다. 이러한 기법의 절차에 따라 수업이 진행되며 학생 저마다의 전공과 관심사에 맞는 다양한 아이디어들이 생성되었습니다. 아이들은 제가 가르칠 계획에 없던 프로그램과 툴까지 스스로 익혀가며 자신의 아이디어를 구체화하였습니다. 이를 통해 자연스럽게 학생 중심, 맞춤형 개별 교육과정이 운영될 수 있었습니다. 창업계획서를 쓰면서, 프레젠테이션을 하면서, 친구들의 투자를 이끌어내는 과정에서, 체화되는 직업기초능력은 자연스레 얻어지는 덤과 같은 것이었습니다. 〈AI와 로봇에게 일자리를 빼앗기지 않는 법〉 프로젝트는 그렇게 진행되었습니다.

　　인간의 노동력이 기계에 의해 대체되는 풍전등화와 같은 상황입니다. 기존의 방식을 그대로 고수하다가는 자동차가 등장한 시점의 마부 꼴이 되기 십상입니다. 이제는 자동차의 시대가 도래했음을 받아들이고 더이상 말발굽 만드는 일을 중단하여야만 합니다. 지금이 변화의 분수령이 되는 시점이라는 것을 명심하고 자신의 생산성을 다른 분야로 확장해 나아가야 할 때입니다. 그런 점에서 함께 수업을 진행한 우리 친구들은 과거에 매몰되지 않고 미래지향적 인식을 갖게 되었으리라 생각합니다. 부디 함께 수업을 한 우리 친구들은 변화의 파도에 매몰되기보다는 그 파도를 이용하고, 다시 올라설 수 있는 사람이 되었으면 하는 바람입니다.

　　HELLO, 예비CEO…

　　2022년 12월의 어느 날, 빈 교실에서 이제창이 쓰다.

CONTENTS

너의 미래를 향해
78수를 던져라!

이세돌 9단 VS 알파고(AlphaGo)

2016년 3월 8일, 서울 광화문 포시즌스 호텔에서는 매우 특별한 기자 회견이 열렸습니다. 이세돌 9단과 인공지능 알파고의 바둑 대국을 앞두고 열린 기자회견이었습니다. 인간과 인공지능이 바둑 대결을 벌인다는 소식에 전 세계 사람들의 이목이 집중되었습니다. 데미스 하사비스 구글 딥마인드 CEO와 이세돌 9단, 그리고 에릭 슈미트 구글 회장이 한 자리에 모였습니다.

이 자리에서 이세돌 9단은 한 판 정도는 내주거나 아니면 다섯 판 모두 이기겠다는 각오를 밝혔습니다. 이세돌 9단은 AI가 인간의 직관이나 감각을 따라오려면 아직 한참 멀었다고 말하며 승부에 강한 자신감을 내비쳤습니다. 전문가들의 의견도 이와 크게 다르지 않았습니다. 다른 분야라면 모를까 경우의 수가 많은 바둑에서는 아직까지 인공지능이 인간을 이기기 쉽지 않을 것이라는 전망이 우세하였습니다.

3월 9일, 드디어 첫 번째 대국이 열렸습니다. 하지만 결과는 예상과 달랐습니다. 모든 사람들의 예상을 깨고 알파고가 첫 번째 판에서 승리를 차지하였습니다. 186수만에 당한 불계패였습니다. 경기 초반 포석에서 변칙을 둔 것이 실패하며 경기 내내 끌려 다니다 끝내 '신의 한 수'를 내주고 말았습니다. 변명의 여지가 없는 완패였습니다. 이세돌 9단은 이후 열린 기자회견에서 자신이 질 것이라는 생각은 전혀 해보지 않았다며 당황하는 모습을 보였습니다. 하지만 그러면서도 그동안 첫 번째 판에 지고서도 우승한 경험이 있으니 흔들리지 않을 것이라며 자신감을 보였습니다.

3월 10일, 두 번째 대국이 열렸습니다. 첫 번째 판에서 인공지능이 승리한 까닭에 사람들의 관심이 더욱 집중되었습니다. 이세돌 9단도 첫판과 달리 긴장한 모습이 역력하였습니다. 이 9단은 1국과는 다른 전략으로 침착하게, 안정적으로 형세를 이끌어나갔습니다. 하지만 알파고는 변칙적인 수를 내면서 사람들을 놀라게 하였습니다. 이세돌 9단도 당황하지 않고 차분하게 대응하였습니다. 하지만, 그럼에도 불구하고 승부의 향방은 달라지지 않았습니다. 이세돌 9단은 1국에 이어 2국에서도 211수만에 불계패를 당하고 말았습니다.

이세돌 9단은 2국이 끝난 직후 이어진 기자회견에서 자신의 완패를 깨끗이 인정하였습니다. 초반부터 대국이 끝날 때까지 단 한 순간도 자신이 앞선다는 생각을 하지 못했다며 패배에 대한 소감을 밝혔습니다. 알파고의 실력에 놀란 것은 어제로 충분하고 오늘은 전혀 할 말이 없을 정도라고 말하며, 알파고는 이상한 착수도 하나도 없었고 오늘은 알파고의 완벽한 승리라고 말했습니다.

기자들은 깜짝 놀랐습니다. 알파고를 한 수 아래 상대로 취급했던 대국 전 기자회견 때와는 180도 다른 반응이었습니다. 이세돌 9단은 이제 알파고를 완전히 인정하고 있었습니다. 이러한 반응에 놀란 기자들이 세 번째 대국의 전망에 대해 물었습니다. 그러자 이 9단이 말했습니다.

"어렵긴 하겠지만 그래도 한 판은 이길 수 있도록 노력하겠습니다."

이세돌 9단은 겨우 두 판 만에 자신이 단 한 판도 이기지 못할 수도 있다는 사실을 알았습니다. 알파고가 자신보다 훨씬 더 높은 경지에 올라 있는, 자신과는 차원이 다른 상대라는 사실을 깨달았던 것이었습니다.

인간을 대표한다는 책임감을 가지고 있던 이세돌 9단은 패배의 의미를 애써 축소하였습니다. 이 9단은 이 패배가 인간의 패배가 아니라 이세돌의 패배에 불과하다고 힘주어 강조하였습니다. 하지만 사람들은 그렇게 생각하지 않았습니다. 전문가들을 시작으로 조금씩 이번의 패배는 이세돌의 패배가 아닌 인간의 패배라는 사실을 받아들이기 시작하였습니다.

이후 결과는 모두가 알고 있는 바대로입니다. 알파고는 총 다섯 번의 대국 중 이세돌 9단을 상대로 도합 4:1로 승리하였습니다. 아쉽게도 이 9단은 알파고에게 겨우 한 판만을 승리하는데 그치고 말았습니다. 이는 대국 전 기자회견장에서 예상했던 것과는 정확히 정반대의 결과였습니다. 경기 스코어만 보면 일방적인 시합이라고 했어도 될 만큼 이세돌 9단의 완벽한 패배였습니다.

그런데 사람들의 반응은 전혀 뜻밖의 것이었습니다. 사람들은 놀랍게도 인공지능에게 겨우 한 판만 이겼을 뿐인 이세돌에게 '영웅'이라는 칭호를 붙여주었습니다. 재미있는 것은 이러한 호칭에 누구도 이의를 제기하지 않았다는 사실입니다. 모두가 인간이 인공지능을 상대로 한 판이라도 이긴 것이 다행이라고 생각하고 있었습니다. 이제는 모두가 인간이 더 이상 바둑으로는 인공지능을 이길 수 없다는 사실을 알게 되었습니다.

하지만 당시 세계 바둑을 주름 잡던 바둑 기사 중 하나인 중국의 커제 9단은 이 사실에 동의하지 않았습니다. 그는 알파고와의 대국으로 이세돌 9단에게 관심이 집중되는 데에 불편한 기색을 감추지 않았습니다. 커제 9단은 알파고가 이세돌 9단이 아닌 자신과 상대했어야 한다고 주장하였습니다. 당시 세계 바둑 대회 성적도 자신이 가장 앞설뿐더러, 이세돌과의 맞대결에서도 자신이 우세하다는 이유에서였습니다. 그래서 이세돌과 알파고와의 2국이 이세돌의 패배로 끝나자마자 이세돌 9단은 인류를 대표해 알파고를 상대할 자격이 없다며 직격탄을 날리기도 하였습니다. 만일 자신이 알파고와 대결을 하게 된다면 자신은 알파고에게 60% 정도의 승률을 기록할 수 있다며 강한 자신감을 드러내기도 하였습니다.

이제 사람들의 관심은 알파고와 커제의 대결이 성사될 수 있을지 여부에 집중되었습니다. 드디어 2017년 4월, 커제 9단과 알파고의 대결이 성사되었습니다. 그리고 2017년 5월 23일, 기다리고 기다리던 알파고와 커제의 대결이 열렸습니다. 하지만 결과는 커제의 호언장담과는 전혀 다른 것이었습니다. 커제 9단은 알파고와의 세 차례 대국에서 단 한 번도 승리하지 못하였습니다. 특히 세 번째 대국을 벌이던 중에는 이길 수 있다는 한 톨의 희망도 가질 수 없었다며 눈물까지 보이고 말았습니다. 실로 압도적인 패배였습니다. 그는 이후 열린 기자회견에서 알파고가 지나치게 냉정하여 알파고와 바둑을 두는 것은 고통 그 자체였다고 심경을 밝혔습니다. 이로써 이세돌이 거둔 1승은 인간이 AI를 상대로 거둔 마지막 승리로 남게 되었습니다. 알파고는 자신이 바둑을 배우며 익힌 모든 기보들을 인간에게 공개하고 홀연히 바둑계를 은퇴하였습니다.

인공 지능의 시대가 열리다

사실 컴퓨터와 인간의 지능 대결은 바둑이 처음은 아니었습니다. 바둑과 비슷한 두뇌 게임인 체스에서는 이미 1997년에 IBM의 딥블루가 전 세계 체스 챔피언인 가리 카스파로프를 꺾고 승리를 차지하였습니다. 2011년에는 미국의 유명한 퀴즈쇼 '제퍼디 쇼'에서 IBM의 인공지능 왓슨이 우승을 차지한적도 있습니다. 멀리 볼 것 없이 우리나라에서도 2016년에 수능 만점자와 이전 대회 우승자가 참여한 장학 퀴즈 왕중왕전에서 순수 우리 기술로 개발한 엑소브레인이라는 인공지능이 우승을 차지하기도 하였습니다. 그나마 경우의 수가 복잡한 바둑에서 좀 더 많은 시간이 걸린 것일 뿐이었습니다. 2019년에는 구글의 게임 전용 AI인 알 파스타가 스타크래프트2의 그랜드마스터(상위 0.2%)에 오르기도 하였습니다. 이렇듯 이제 인공지능이 인간을 이기는 것은 더 이상 새삼스러운 일이 아니게 되었습니다. 인간이 인공지능에 지는 것이 당연한 세상, 바야흐로 인공지능의 시대가 열리게 된 것입니다.

우리 주변을 가만히 살펴보면 인공지능은 우리가 생각하는 것보다 훨씬 우리들과 가까운 곳에서 빠른 속도로 우리들의 일상 속을 파고들고 있습니다. 인공지능 스피커 같은 서비스는 물론이거니와 자동차의 자율주행 기능, 넷플릭스나 유튜브, 스포티파이 같은 플랫폼의 콘텐츠 추천 기능, 얼굴 인식 기능 등이 모두 인공지능을 기반으로 한 서비스들입니다.

하지만 그게 다가 아닙니다. 인간이 하는 일을 대체하는 인공지능 서비스들이 속속들이 등장하고 있습니다. 인공지능 아나운서가 인간을 대신하여 뉴스를 진행하거나 인공지능 기자가 쓴 기사를 보는 것은 이제 더 이상 그렇게 낯선 장면이 아닙니다. 심지어 운명을 달리한 가수의 목소리에 인공지능 기술을 적용해 다른 가수의 노래를 부르게 하는 것을 보니, 앞으로 인공지능이 인간 가수를 대신할 날도 얼마 남지 않았습니다. 적당한 설명을 입력하면 설명에 맞게 그림을 그려주거나 글을 대신 써주는 인공지능 서비스도 등장하였습니다. 인간만이 할 수 있다고 여겼던 창조적 세계인 화가나 디자이너, 소설가, 작가 같은 예술 영역마저도 이제 앞으로는 인공지능이 대체하게 될지도 모를 일입니다.

AI가 쉽게 대체할 수 없을 것처럼 보이는 의사, 변호사, 회계사, 약사, 교사 같은 전문직 역시 AI에 의해 대체될 가능성이 높습니다. 전문가들은 고차원적인 사고력을 요하는 전문직이야말로 오히려 가능성이 높다고 경고합니다. 전문적인 지식이나 기술을 요하는 전문직이 설마 AI의 영향을 받을까 싶기도 하겠지만, 오히려 양질의 데이터가 정확하게 완비되어있는 전문직이야말로 AI가 역량을 발휘하기 쉬운 영역이라는 의견이 많습니다. 실제로 인공지능 의사인 왓슨은 암을 진단하고 발견하는 업무에 투입되어 인간이 미처 발견하지 못한 암을 발견하고 치료에 도움을 주고 있으며, 일본에서는 인공지능 변호사가 등장하여 수십만 원짜리 계약서를 단돈 만원에 작성해주고 있습니다. 지금 이 순간에도 어느 종합병원의 약 조제실에서는 AI 로봇 약사가 조제 업무를 대신하고 있으며, 인공지능 조교인 질 왓슨은 인간 조교들보다 더 높은 강의 평가를 받으며 조교 업무를 수행하고 있습니다.

이세돌을 꺾고 승리한 알파고는 발전에 발전을 거듭하여 이제 인간의 도움이 없이도 스스로 강화학습을 하는 단계에 이르게 되었습니다. 심지어 미국의 어느 연구진은 인공지능이 업무를 효과적으로 수행하기 위해 스스로 새로운 언어를 만들어 내어 다른 인공지능과 소통하는 일이 벌어졌다고 발표하기도 하였습니다. 정말 이러다 어느 영화에서처럼 인간이 인공지능에게 지배되는 날이 오는 것은 아닌지 겁이 날 정도입니다. 인공지능의 발전 속도가 하루가 다르게 빨라지고 있습니다. 우리가 스마트폰이 없는 삶을 상상하기 어렵듯, 앞으로는 인공지능이 없는 삶을 상상하기 어려운 날이 오게 될지도 모르겠습니다.

인공지능 로봇의 발달과 우리의 일자리

2010년대 초중반까지만 해도 우리 학교 아이들 중에는 아르바이트를 하는 학생들이 참 많았습니다. 학교 인근의 패스트푸드점에만 가더라도 아르바이트를 하고 있는 우리 학교 학생들을 쉽게 만나볼 수 있었습니다. 하지만 어느 순간부터 패스트푸드점에서 우리 학교 아이들을 전혀 찾아볼 수 없게 되었습니다. 최저 임금 인상으로 구태여 고등학생들을 쓸 필요가 없는데다가, 키오스크라고 하는 대체 수단이 나타났기 때문입니다.

이러한 점은 우리 학생들이 앞으로 일하게 될 제조업 분야에서도 마찬가지입니다. 제조업 분야에서 필요로 하는 인간의 노동력은 점차 AI와 로봇으로 바뀌어 나가게 될 것입니다. 지금 당장은 많은 비용과 기술적 한계로 적극적으로 도입되고 있지 않지만, 결국은 대부분의 공장들이 스마트팩토리 시스템을 도입하게 될 것입니다. 이미 인류는 세 차례의 산업혁명을 겪으며 기계에 일자리를 조금씩 내주었던 경험을 가지고 있습니다. 1차 산업혁명 때는 인간과 가축의 근력을 증기기관에, 2차 산업혁명 때는 동력을 만들고 보내는 역할을 전기에, 3차 산업혁명 때는 정보를 처리하는 역할을 인터넷에 넘겨주고 말았습니다. 이번에는 로봇과 AI 의 차례입니다.

물론 당시에도 사람들이 마냥 일자리를 빼앗기고 있지만은 않았습니다. 대표적인 예가 '러다이트' 운동 같은 사건입니다. 1811년, 영국의 한 방직공장에서 노동자들이 망치와 톱 등을 들고 방직기들을 부수는 사건이 발생하였습니다. 갑자기 등장한 고효율의 기계로 인해 일자리가 사라지고 있다는 데 대해 노동자들이 분노한 결과입니다. 하지만 그렇다고 기계가 사라지지는 않았습니다. 사람들은 저항했지만 결국 새로운 패러다임 앞에 굴복할 수밖에 없었습니다. 해결책은 달리 있지 않았습니다. 그것은 바로 기계를 적극적으로 수용하고 이를 활용하는 것이었습니다. 노동자들은 '기계를 다루는 법'을 배우면서 변화하는 산업 현장에 적응하였습니다.

4차 산업혁명 역시 이전의 산업혁명들과 마찬가지로, 인공지능과 로봇을 앞세워 우리의 일자리를 빼앗아 가게 될 것입니다. 하지만 '러다이트 운동' 때 그랬던 것처럼 변화하는 패러다임을 돌려세우기란 쉽지 않을 것입니다. '러다이트 운동'에 참여했던 사람들이 결국 기계를 다루는 법을 배우며 적응했던 것처럼, 이번에도 역시 'AI와 로봇을 다루는 법'을 배우며 변화하는 현장에 적응해 나가야만 합니다.

AI와 로봇의 등장으로 우리의 일자리가 줄어들기도 하겠지만 반대로 AI와 로봇으로 인해 새롭게 만들어지는 일자리도 적지 않을 전망입니다. 우리가 AI와 로봇에게 어떻게 대응하느냐에 따라, 늘어나는 일자리의 양과 질이 큰 폭으로 달라질 것입니다. 그러므로 AI와 로봇의 등장을 두려워하고만 있을 것이 아니라, 좀 더 적극적으로 AI와 로봇을 활용하는 자세를 갖추어야만 합니다. 이렇게 AI와 로봇을 좀 더 진취적으로 받아들이고 활용하는 자세를 갖출 수 있을 때, 여러분은 4차 산업혁명 시대를 주도하는 진정한 주역으로 거듭날 수 있게 될 것입니다.

당신의 78수는 무엇입니까?

AI와 로봇으로 인한 공장의 자동화 문제는 인간의 일자리를 빼앗는 원인이 되기도 하겠지만, 반대로 적은 인건비를 들이고도 공장을 운영할 수 있게 하는 좋은 기회가 되기도 할 것입니다. 그런 점을 고려할 때 미래 사회를 현명하게 살아가기 위해서는 주어지는 일자리에 연연하는 수동적인 자세보다는, 자신의 미래를 적극적으로 개척하는 진취적인 자세가 필요합니다. 만약 여러분이 당장의 일자리에 연연하고 수동적인 사람에 머무르게 된다면 여러분은 평생 동안 어떻게 하면 AI와 로봇에게 일자리를 빼앗기지 않을까를 고민하며 살아가야 할 것입니다. 하지만 여러분들이 적극적으로 AI와 로봇을 활용하는 사람이 되게 된다면, 어떻게 하면 AI와 로봇을 사용하여 풍요로운 삶을 살아갈 수 있을까를 고민하며 살 수 있게 될 것입니다.

우리는 이세돌 9단이 '알파고'에 3패 한 뒤 기적 같은 승리를 거두었던 네 번째 대국에서 교훈을 얻을 필요가 있습니다. 이때 이세돌 9단이 거두었던 1승은 아직까지 인간이 AI를 상대로 거둔 마지막 승리로 남아 있습니다. 이세돌이 알파고에게 네 번째 대국에서 승리할 수 있었던 원인은

'신의 한 수'라 불리는 78수에 있었습니다. 당시 이세돌 9단의 78수는 완벽하게 알파고가 주도하는 판세의 한복판에 놓였습니다. 하지만 이 수는 알파고조차 예측할 수 없었던 기상천외한 수였습니다. 이 수로 인해 한 치의 오차도 없어 보이던 알파고가 흔들리기 시작하였고, 바둑을 인공지능의 판세에서 인간의 판세로 돌려놓았습니다.

어쩌면 우리에게도 이처럼 AI와 로봇의 판세에서 인간의 판세로 되돌려 놓을 묘수가 필요합니다. 이러한 묘수는 다름 아닌 AI와 로봇이 할 수 없는 것을 발견하고, AI와 로봇을 활용하는 시스템을 만들어내고, AI와 로봇이 범접할 수 없는 새로운 시스템을 창조하는 것입니다. 이것은 대부분 '기업가 정신'과 일치합니다. 제가 '기업가 정신'을 강조하는 수업을 기획했던 것은 이러한 연유에서 비롯되었습니다. 그런 점을 고려하면 AI와 로봇을 가장 제대로 활용하는 방법은 다름 아닌 AI와 로봇을 활용하여 공장을 운영하는 것입니다. 기업가 정신이란 '미래의 불확실성과 높은 위험에도 주도적으로 기회를 포착하고, 도전하며 혁신 활동을 통해 새로운 가치를 창조하는 실천적 역량'을 의미합니다. 우리는 이러한 기업가 정신을 바탕으로 창업에 도전해 나가야 합니다.

이렇게 말하면 혹자는 자본이 없는데 무슨 공장을 운영하냐고 반문하는 사람이 있을 수도 있습니다. 물론 공장을 경영하려면 자본이 필요한 것이 당연하지만, 인건비가 줄어든다는 것은 그만큼 자본이 덜 들어간다는 의미이기도 합니다. 그런 점에서만 보면 어쩌면 전쟁 직후보다 지금이 오히려 창업하기에 더 수월한 환경인지도 모릅니다. 기업가에게 가장 중요한 것은 도전을 아끼지 않는 '기업가 정신'과 '기업을 경영하기 위한 시스템에 대한 경험'입니다.

우리는 취업을 통해 기업 운영 시스템에 대한 경험을 다른 사람보다 먼저 해볼 수 있다는 점에 주목하여야 합니다. 만약 여러분이 그렇게 생각할 수만 있다면 우리가 취업을 하는 이유는 '당장의 돈벌이'가 아니라, '다음 번에 기업을 경영하기 위한 경험을 쌓기 위해서'가 될 것입니다. 그리고 이러한 인식의 전환은 여러분을 능동적이고 진취적으로 미래를 개척하는 사람으로 바꾸어주게 될 것입니다. 이것이 바로 AI와 로봇으로부터 여러분을 지켜낼 수 있는, 소중한 여러분의 78수가 될 것입니다. 이제 남은 것은 '기업가 정신' 하나입니다.

이 책을 읽고 있는 여러분. 혹시 여러분의 78수는 무엇입니까? 만약 여러분만의 78수가 있다면 여러분은 여러분의 78수를 어떻게 두시겠습니까? 여러분도 여러분만의 78수가 필요하다고 생각하십니까? 당신에게도 당신만의 78수가 필요합니다. 이제 이 페이지를 넘기면 우리 아이들이 놓은 78수가 시작됩니다.

우리의 미래는
우리가 만들자!

GM

전재형

뷰티 분야 로드샵,
헬스&뷰티 케어 드러그스토어

타사 올oo영과 유사한 판매 형태로
남성 화장품 제품을 한 매장에서
비교하여 구매할 수 있도록 하는 기업
퍼스널컬러나 피부 타입을 고려한 제품 패키징

회사명

GM은 남성 화장품을 메인으로 하는 회사입니다. 젠틀맨 (Gentleman)과 그루밍(Grooming)의 약자로 GM은 '자기 관리를 하는 남자'의 이미지를 표방하고 있습니다. '자기 관리를 하는 남자'는 신사적이라는 이미지와 그루밍 남성을 위한 회사임을 드러내는 회사명을 통해 타겟층을 명확하게 하고자 하였습니다.

로고

신사적인 느낌을 효과적으로 보여줄 수 있는 색상인 검은색과 흰색을 사용하여 깔끔한 느낌을 주는 로고를 만들었습니다. 동물의 털 손질을 뜻하는 그루밍(grooming)을 하는 동물 중 우리에게 친근한 고양이에게 정장을 입히고 로고 가운데에 배치하여 남성을 타겟팅하고 있음을 한눈에 알 수 있도록 하였습니다. 지팡이와 중절모를 통해 더욱 상징성을 높이고 독특함을 주고자 하였습니다.

창업 배경

고등학생이 되고 꾸미는 것에 관심이 생긴 저는 인터넷을 찾아보았습니다. 인터넷에서는 제가 원하는 정보를 얻을 수 없었습니다. 그래서 오프라인 화장품 매장에 가보았더니 과도하게 미를 추구하는 분위기로 인해 입장하는 것 자체가 거부감이 들었습니다. 화장품 매장은 '여자들이 가는 곳!'이라는 생각이 들었습니다. 직원들이 대부분 여성이라 물어보기가 어렵기도 했습니다. 또한 오프라인 매장에는 여성 화장품이 대다수이고 남성 화장품은 여성 화장품에 비해 현저히 적었습니다. 종류가 다양하지 않고 여성 화장품에 비해 정보가 적어 나에게 맞는 제품인지, 내 피부에 맞는지 알 수 없어 구매를 망설인 적이 많습니다. 그래서 저는 남성을 위한 화장품 매장을 창업하고자 하는 아이디어를 떠올렸습니다.

남녀노소 관리를 하고 화장을 하는 시대입니다. 하지만 대부분의 남성들이 여러 가지 이유로 로드숍에 가서 화장품 사기를 꺼리고 어려워합니다. 그래서 우리 회사는 남성 화장품을 메인으로 한 로드숍을 만들고자 합니다. 남성들에게 화장품을 친숙하게 만들어 메이크업 사업에 새로운 문화를 형성하는 것이 목표입니다.

창업 아이디어

남성 화장품은 현재 기초 화장품 위주로 구성되어 있습니다. GM에서는 스킨 케어와 로션, 선크림 등 기초 제품을 손님들 피부 성향에 따라 판매할 수 있도록 다양한 종류를 남성 화장품 제조 업체를 통해 공급받을 것입니다. 색조 화장품의 경우 남성 화장품이 여성 화장품보다 현저히 적습니다. BB크림, 아이브로우, 립 제품 등을 퍼스널컬러에 맞추어 다양한 남성 화장품을 판매할 것이며, 남성 메이크업에 대해 아무런 정보가 없는 잠재적 소비자들을 위해 매장 내에서 퍼스널컬러 진단과 제품 추천, 메이크업 방법 설명 등 남성 메이크업을 위한 다양한 정보를 제공할 예정입니다.

다음으로는 직원 교육에 관한 내용입니다. 우리 회사는 자기 관리를 열심히 하고 싶은 남성들에게 제품을 추천하여 효과적으로 제품 선택에 도움을 주는 시스템을 구축하고자 합니다. 직원들이 매장 내에 있는 모든 제품에 대해 알 수 있게 교육 자료를 제공합니다. 문화의 형성이 아직 이루어지지 않아 매장 이용에 부담감을 쉽게 느끼는 소비자 특성을 고려해 남성 직원 고용으로 접근성을 높이고자 합니다. 자신을 가꾸는 남성들에게 걸맞은 이미지를 매장 인테리어에 반영할 예정입니다. 흰색과 검은색을 사용한 인테리어로 깔끔하고 단정한 신사 이미지를 줄 것입니다.

매장은 사람들이 쉽게 접근할 수 있도록 사거리 횡단보도 앞에 지어 고객들이 관심을 가지고 쉽게 다가올 수 있도록 할 예정입니다.

여성 화장품 시장의 규모는 남성 화장품 시장의 규모에 비해 매우 큽니다. 여성 화장품의 시장 규모를 따라가려면 남성 화장품 사용자를 늘려서 시장의 규모를 점차 늘려가야 합니다. 처음에는 소규모로 수도권에 1~5개 미만의 매장으로 시작할 것입니다. 최대한 고객의 편의를 들어주고, 대부분의 손님들이 화장에 대한 지식이 없을 수도 있으니 기초부터 화장까지 자세하게 알려드릴 수 있도록 교육하여 고객관리를 할 것입니다. 점점 입소문을 타고 기업이 발전하면 수도권 외에도 다른 지역에도 매장을 차려 매장 개수를 늘려가는 프랜차이즈 기업이 될 것입니다. 매장의 개수가 늘어날수록 앱 관리도 철저히 하며 온라인 매장사업을 할 예정입니다.

택배 서비스를 사용해 직접 가지 않더라도 오프라인 매장에서 구매할 수 있도록 하여 고객들을 더 늘릴 전망입니다.

우리 회사의 장점은 다음과 같습니다. 첫째, 자기 관리를 하고 싶은 남성들이 더욱 쉽게 정보를 얻을 수 있다. 둘째, 자신에게 맞는 제품이 무엇인지 알 수 있다. 셋째, 얻은 정보를 토대로 다양한 남성 화장품 주변에서 쉽게 구할 수 있다. 넷째, 화장품 매장이 익숙하지 않은 고객도 자유롭게 도움을 구할 수 있는 분위기를 조성해 고객의 부담을 낮춘다. 우리 회사가 가진 이러한 장점을 바탕으로 창업의 경쟁력을 갖추고자 합니다.

소비자 분석

나의 창업 아이디어 소비자는
자기 관리에 관심은 있으나 그에 대한 정보가 부족해
어려움을 겪는 10대~20대 남성들 입니다.

10대, 20대가 화장품에 쓸 수 있는 금액이 한정적이기 때문에 가성비가 좋은 제품에 대한 요구가 있습니다. 백화점에 있는 고가의 제품보다는 주변 로드숍의 제품들을 가지고 올 수 있도록 회사와 계약하고자 합니다.

판매 방법 및 홍보 전략

처음 내장만을 운영할 때는 모르겠지만 수도권 외에도 매장을 늘리고 앱을 이용한 온라인 매장까지 하게 된다면 경제적으로 이득이 될 것 같고, 남성 화장품 시장에서 인지도가 있는 매장으로 자리를 잡을 수 있을 것 같습니다. 다른 매장과는 다르게 우리 회사만의 분위기와 직원들의 재치 있는 말투로 고객들을 사로잡아 단골들을 더 늘려나갈 것입니다.

다양한 이벤트도 준비했습니다. SNS에 우리 매장에서 구매한 제품과 매장 사진을 사용해 게시글을 만들어 올리면 5% 할인을 한다거나 매장 오픈 1주일간 매장에 방문하여 제품을 구매하면 5% 할인하는 행사를 할 수 있습니다. 추가적으로 카드나 통신사를 통한 할인 혜택 제도나 누적 10만 원 이상 구매 시 매장에서 사용 가능한 포인트를 제공하는 등 여러 판매 전략을 생각할 수 있습니다.

우리 회사 단독 굿즈를 제작하는 것도 방법입니다. 이전에 엑소나 워너원 굿즈를 제작하여 매출을 올렸던 예시처럼 연예인들과도 함께 사은품을 제작할 수 있을 것으로 보입니다. 최근 뷰티 컨텐츠의 유튜버들도 많기 때문에 범위는 넓다고 생각합니다. 유명 인플루언서에게 광고를 하고 쿠폰을 발행하는 등 여러 이벤트를 열 수 있으며 광고의 경우 우리 회사의 이미지에 맞게 전문적이고 신사처럼 깔끔한 이미지를 가진 배우들을 섭외해 진행합니다. 그 예로 배우 남주혁이 있습니다.

비전

우리 회사는 화장품 제조 회사와 계약하여, 제조 회사의 남성 화장품 제품을 드러그 스토어에서 판매하는 형태로 운영할 계획입니다. 한 매장 안에서 남성 화장품 제품을 비교하며 구입할 수 있기 때문에 메이크업에 관심이 커진 남성들과 남성 화장품을 구입해야 하는 여성들이 도움을 받을 수 있을 것으로 예상됩니다. 주목도가 높아지다 보면 남성 화장품 제조 전문 회사들이 더욱 늘어나 시장이 커질 것입니다. 회사의 규모가 커질수록 GM과 협업하는 남성 화장품 제조 업체가 늘어 날 것이고 그렇게 되면 남성 화장품의 시장 규모는 더욱 커질 수밖에 없어 결과적으로 자연스럽게 GM도 더 성장하게 될 것입니다.

CEL (셀)

문재원

생활용품

여러 번 쓸 수 있는 빨대를
세척하기 쉽도록 분리·조립할 수 있게
만든 빨대

회사명

C : Comfort, 편안함 / E : enjoy, 즐기다 / L : Life, 삶
Comfort, Enjoy, Life의 약자로 '편안하게 즐기는 삶'이라는
뜻을 담았습니다. 편리한 일상을 위한 제품을 만드는 회사입
니다. 짧은 알파벳의 나열 안에 회사의 목표를 담고자 하였습
니다.

로고

C.E.L

로고는 간단하면서도 기억에 남기 쉽게 디자인하였습니다. 알
파벳 사이에 온점을 찍어 각 알파벳 하나하나가 다른 단어를
드러내고 있음을 표현하였습니다. 편안함, 즐거움, 삶이라는
단어의 의미를 모두 동일하게 중시하는 회사의 이념을 담았으
며 세 단어를 이어 '편안하고 즐거운 삶'이라는 하나의 문구를
상상할 수 있도록 하나의 색으로 로고를 디자인하였습니다.
또 그 하나의 색상을 전문적이고 신뢰감을 줄 수 있는 푸른색
을 선택하여 기업 이미지를 만들고자 하였습니다.

창업 배경

　최근 환경 문제가 대두되면서 빨대에 대한 이슈가 있었습니다. 플라스틱 빨대가 바다거북의 코에 박혀 피를 흘리고 있는 모습은 많은 사람들의 머리에 남았습니다. 카페에 가면 매번 사용하는 빨대가 환경오염에 지대한 영향을 준다는 사실이 알려지자 빨대 사용하지 않기 운동을 하거나 분해가 쉬운 종이 빨대 등이 개발되었습니다. 또 재사용이 가능한 여러 빨대들이 많이 나왔습니다.

　우리 회사는 이 중에서 재사용이 가능한 빨대에 집중했습니다. 사람들이 처음에는 환경 보호를 위해 재사용이 가능한 빨대를 구매하지만 세척이 불편하다는 단점이 있어 구매를 했음에도 자주 사용하지 않는 경우를 많이 보았습니다. 이는 환경오염을 더욱 유발하는 행위이며 이러한 문제점을 해결하는 제품을 만들어 창업을 하게 되었습니다. 더욱 편안하고 쉽게 환경을 보호하는 방법을 통해 삶을 즐길 수 있도록 하는 것이 목적입니다.

창업 아이디어

　우리 제품은 기존 빨대에 들어가는 플라스틱보다 분해가 빠르고 환경오염이 적은 생분해성 플라스틱을 사용하여 만들어집니다. 최근 많이 만들어지고 있는 생분해성 빨대는 종이로 만든 것이라서 내구성이 떨어지고 일회용이라는 단점을 가지고 있습니다. 생분해성 플라스틱을 이용하면 내구성이 높고 여러 번 사용이 가능합니다.

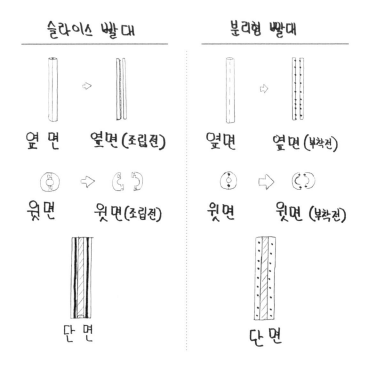

사이즈는 기본적으로 가장 많이 나오는 21cm와 25cm로 만들 예정입니다. 빨대는 슬라이스 빨대(Prefab straw)와 분리형 빨대(Detachable straw), 두 가지 형태로 제작합니다. 슬라이스 빨대는 위아래로 밀어서 분리와 조립이 가능한 형태입니다. 분리형 빨대는 자석이 있어 반으로 떼고 붙이는 것이 가능한 빨대입니다. 이 두 형태의 빨대는 분리가 되기 때문에 세척이 쉽습니다. 따라서 빨대를 세척하기 위한 전용 솔 등이 필요하지 않기 때문에 더 경제적입니다. 예상 비용은 5,000원 내외로 부담스럽지 않은 가격을 책정할 예정입니다.

소비자 분석

나의 창업 아이디어 소비자는
환경을 생각하고 빨대를 자주 사용하는 사람 입니다.

5세 이상의 연령대가 사용할 수 있으며 보호자가 있다면 그 이하의 아동도 사용할 수 있습니다. 환경을 위한 상품을 많이 구매하는 사람들이 흥미를 가질 것으로 보입니다. 요즘 환경을 위한 상품들로 종이 빨대나 스테인리스 빨대 등 여러 가지 아이템들이 나오고 있는 상황에서 여러 번 사용할 수 있고 세척도 쉬운 빨대의 가치는 높다고 생각합니다. 서비스가 이루어지는 공간은 카페나 집 등 빨대를 많이 사용하는 곳으로 예상할 수 있습니다.

판매 방법 및 홍보 전략

사람들이 쉽게 구매할 수 있도록 인터넷 홈페이지를 만들어서 팔 것입니다. 최근 '내○○ 방'과 같은 애플리케이션을 통해서 편리한 제품을 구매하는 사람이 많기 때문에 다양한 애플리케이션이나 사이트에서도 구매할 수 있도록 합니다. 인터넷 홈페이지뿐만 아니라 백화점 팝업 스토어 등 다양한 방법으로 판매할 수 있을 것으로 보입니다.

또 드라마나 영화에 협찬하여 환경을 고려한 제품이며 아주 편리하다는 장점을 부각해 인지도를 쌓을 계획입니다.

비전

환경 문제는 현재 상황에서 그치지 않고 계속해서 이어질 것입니다. 따라서 우리 회사의 빨대에 대한 수요가 지속적으로 있을 것으로 보입니다. 한 대형 프렌차이즈 카페가 종이 빨대를 선택해 카페의 환경 브랜딩을 하는 것처럼 우리 제품을 통해 브랜딩을 할 수 있도록 해 큰 카페나 식당과도 계약을 할 수 있을 것으로 보입니다. 빨대 제품 이후에도 참신한 아이디어를 바탕으로 가정집이나 일인 가구에도 회사의 상품이 하나씩은 있을 수 있게 하여 편리한 삶을 사는 데 도움이 되고 싶습니다.

Der Mond

문정환

애플리케이션

티켓팅 등 행사와 관련된 정보를
한눈에 보이도록 제공하는
애플리케이션

회사명

Der Mond는 독일어입니다. 우리말로는 '달'입니다. 불이 꺼지고 어두워진 늦은 밤, 다른 사람들이 숨죽여 자는 동안 우리는 달처럼 밝게 빛나며 높게 올라갈 것이라는 포부를 담았습니다. '달'이라는 단어를 아름답게 발음할 수 있는 언어를 찾다 우연히 독일어를 발견했습니다. 우리 회사 이름으로 하기에 적절하다고 생각하여 독일어인 Der Mond가 되었습니다.

로고

검은 배경으로 늦은 밤을 표현하였고 거기에 흰 달을 그려 넣었습니다. 특히 푸른색을 추가로 사용하여 휘영청 뜬 달을 더 효과적으로 드러내고자 하였습니다. 세련된 느낌을 줄 수 있는 글꼴을 사용하였고 곡선을 사용하여 달을 트렌디하고 귀여운 느낌으로 표현했습니다.

창업 배경

공연이나 축제를 자주 즐기는 사람들은 관련 정보를 수집하는 것이 그리 어렵지 않을 수 있으나 많이 접해보지 않은 사람들은 어디서부터 정보를 얻을 수 있는지조차도 잘 모르는 경우가 많습니다. 축제가 있는지 없는지 자체를 모르고 넘어가는 경우도 많습니다. 축제를 놓치는 사람들뿐만 아니라 축제나 공연의 주최자도 아쉬움을 느낄 것입니다. 공연이나 축제를 자주 즐기는 사람들도 한 번에 정보를 모아서 보는 것에 있어서는 불편함을 호소하기도 합니다. 실제로 네이버 검색창에는 당일에 공연이 진행된다고 적혀 있으나 실제로는 공연이 없었던 일을 겪은 사람도 있습니다. 이 공지는 행사 관련 인○○그램에만 올라와 있었다고 합니다. 이는 정보가 여러 군데에 흩어져있기 때문입니다. 그렇기 때문에 우리 회사는 공연이나 축제를 자주 즐기는 사람들이 더욱 편리하게 정보를 수집하고 공연 문화를 막 접하는 사람들도 한눈에 정보를 얻을 수 있도록 공연이나 축제의 정보를 한 곳에 모아 알려주고자 합니다.

창업 아이디어

우리 회사의 애플리케이션은 회원 가입자들에게 앙케트를 통해 알고리즘을 만들어 그 사람의 취향에 맞는 장르의 공연이나 축제, 가수의 공연을 추천하고 필요한 정보를 선별하여 제공합니다. 처음 회원가입을 할 때 음악 취향이나 선호하는 축제의 형태 등을 선택하는 항목을 만들어 이를 입력하게 합니다. 음악 취향의 예시로는 케이팝, 레게, 힙합, 팝, 발라드, 록, 트로트 등이 있습니다. 축제 형태의 예시로는 지역 문화제, 종교

축제, 록 페스티벌, 힙합 페스티벌, 재즈 페스티벌, 영화제, 국군 축제, 농업 축제, 핼러윈 페스티벌, 과학 축제 등이 있습니다. 관심 있는 영역을 선택하게 하여 알고리즘으로 알람을 제공합니다.

비회원의 경우 알고리즘 알람 기능은 사용할 수 없지만, 검색창을 이용하여 자신이 보고 싶은 공연의 정보를 한눈에 보고, 예약할 수 있게 서비스를 제공합니다. 애플리케이션의 편리함과 여러 이벤트를 내세워 회원가입을 유도해 새로운 고객을 확보하고 그것을 기반으로 빅데이터를 쌓아 여러 고객에게 서비스를 제공하도록 합니다.

　우리 애플리케이션의 특별한 점은 관련 정보를 최대한 많이 제공한다는 점입니다. 행사 전 필수적으로 준비해야 하는 준비물이나 당일 행사장 주변 날씨 등 따로 찾아 보아야 하는 정보를 한 곳에 모아서 볼 수 있습니다. 우리 애플리케이션을 통해 전국의 공연이나 축제에 대한 정보를 확인할 수 있으며 정보가 부족할 경우 문의를 통해 정보를 요청할 수 있습니다. 이를 위해서 애플리케이션과 사이트를 연동하여 함께 운영할 계획입니다. 애플리케이션으로 얻을 수 있는 정보로는 날짜 및 시간, 정확한 행사 장소, 행사 일정표, 대중교통으로 이동 시 행사장과 가장 효율적인 방법으로 도착할 수 있는 장소, 주차장, 필수로 챙겨야 하는 준비물, 당일 날씨, 추천 부스, 근처 맛집 등이 있습 니다.

애플리케이션 내에서 링크를 통해 티켓 구매가 바로 이루어질 수 있도록 하였습니다. 애플리케이션 내 QR코드를 활용하여 티켓을 사용할 수 있습니다. 휴대폰이나 컴퓨터만 있으면 우리나라의 축제나 공연을 언제든지 확인할 수 있고 내가 좋아하는 연예인이 공연을 어디서 하는지, 그리고 축제를 어디서 하는지를 확인할 수 있습니다.

소비자 분석

나의 창업 아이디어 소비자는
공연 관련 정보가 필요한 사람 입니다.

멜○티켓이나 인○○크라는 경쟁사는 이미 공연이나 축제에 관심이 많은 사람들이 잘 사용하고 있습니다. 하지만 해당 업체들은 사실상 티켓팅을 하는 창구이지 정보를 주기 위한 창구는 아닙니다. 우리는 이러한 점을 이용하여 '당신이 축제나 행사를 몰라서 놓치는 일이 없도록 돕는다'는 인식을 심어주려고 합니다. 실제로 많은 사람들이 '그런 행사가 있는지도 몰랐다'는 반응을 하는 것을 보았을 때 이 인식은 소비자들에게 매력적일 것이라고 생각합니다.

판매 방법 및 홍보 전략

우리는 인○○그램이나 페○○북 과 같은 SNS에 적극적으로 홍보를 할 계획입니다. 예를 들어 창모라는 래퍼가 공연을 어디서 하는지, 공연장에서 무엇을 하는지 궁금해지게 광고를 만들어 공연에 대해서 찾아보고 싶게끔 만듭니다. 그 공연에 대해서 한 번에 정보를 주는 애플리케이션이 있음을 소개하고 그 애플리케이션 내에서 티켓을 살 수 있다는 것을 알립니다.

또 짧은 영상을 만들어 유〇브나 전광판 광고를 이용해서 홍보를 합니다. 이 광고는 평소 정보가 없어 많은 축제나 공연, 행사를 놓친 사람들을 공략합니다. 또 포스터를 만들어 SNS에서 적극적으로 홍보를 할 수 있습니다. 또는 인플루언서를 통해 홍보도 가능할 것으로 보입니다.

비전

이 아이템으로 여러 축제나 공연을 몰라서 즐기지 못하던 사람들도 즐길 수 있게 만들고 원래 축제나 공연을 자주 가던 사람들이 더 적극적으로 참여할 수 있게 될 것입니다. 사람들의 SNS 등으로 축제가 확산되고 공유되면서 선순환이 이루어져 우리나라의 공연이나 축제 문화를 발전시키고 널리 알릴 수 있을 것으로 보입니다. 실제로 지방 축제나 행사는 몰라서 넘어가는 경우가 많습니다. 이는 축제를 즐기지 못하는 사람들에게도 아쉬운 소식이지만 지방 축제를 열심히 준비했을 그 지역의 사람들에게는 더욱 속상한 일입니다. 따라서 충분한 홍보가 이루어질 수 있도록 모든 행사를 한 곳에 모아 정보를 주는 우리 애플리케이션의 역할이 중요합니다. 최대한 많은 행사나 축제를 사람들이 즐길 수 있도록 하여 소비의 순환이 이루어지도록 하는 것이 우리의 목표이자 비전입니다.

The Heal

박준영

의약품

편리함에 집중한 일회용 반창고

회사명

'heal'은 치유하다라는 뜻을 가진 영어 단어입니다. 그런데 이 'heal'이라는 단어는 게임 안에서도 등장합니다. 게임 속에서 '힐', 즉 '힐러'는 팀플레이 게임을 할 때 아주 중요한 역할을 합니다. '힐러'라는 캐릭터는 다른 플레이어를 치유하고 회복을 돕는 역할을 하는 지원자로 게임을 원활하게 합니다. 게임이 대중화가 된 시대입니다. 그러한 시대를 살아가는 현대인들에게 더욱 친숙하게 다가가기 위해서 회사 이름을 '힐러'가 떠오르도록 '더 힐'이라고 정했습니다.

'힐러'처럼 우리 회사가 그 역할을 하고자 합니다.

로고

'힐러'의 역할을 하는 캐릭터는 주로 성직자의 모습을 하고 있습니다. 군의관이나 정령사, 주술사의 모습을 보이기도 하나 성기사나 수도사, 사제와 같은 성직자의 모습이 대표적이라고 할 수 있습니다. 우리 로고는 일회용 반창고의 모양으로 방패를 형상화하고 그 앞에 칼을 자연을 뜻하는 나뭇잎으로 표현하였습니다. 그 위로 헤일로(천사 머리 위의 링)를 그리고 천사의 날개를 그렸습니다. 마치 판타지 게임 속의 군대나 가문의 인장과 같은 로고를 디자인하여 우리 회사의 이름과 의미에 잘 어울리도록 했습니다. 우리 회사의 로고는 전체적으로 평화로운 분위기를 내고 있습니다. 반창고 회사가 주는 안전함과 치유의 이미지와 적합하다고 생각합니다.

창업 배경

손가락 관절 부분에 일회용 반창고를 붙이면 움직일 때 관절 쪽이 매우 불편했던 경험이 한 번쯤은 있을 것입니다. 관절에 일회용 반창고를 붙이면 손가락이 잘 움직이지 않습니다. 그렇다고 일회용 반창고를 느슨하게 붙이면 일회용 반창고의 접착면이 구겨져 접착력이 점점 나빠지다가 결국 접착면이 자기들끼리 들러붙어 있습니다. 그 사이로 접착 면에 먼지가 붙어서 지저분해 보이기도 합니다. 또 일회용 반창고를 붙이고 있으면 일회용 반창고와 접착이 된 피부에 땀이 차서 일회용 반창고가 떨어지기도 합니다.

이미 다양한 형태의 일회용 반창고가 있습니다. 하지만 손가락에 붙이는 일회용 반창고는 다양하지 않아 직접 일회용 반창고의 양 끝을 잘라 사용하는 방법들이 공유되고 있습니다. 편리한 일회용 반창고를 만들어 손가락 관절에도 반창고를 붙일 수 있기를 바라는 마음에서 회사를 만들게 되었습니다.

창업 아이디어

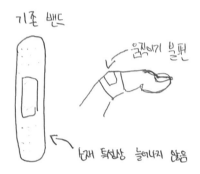

우리 회사는 일회용 건식 반창고 중에서도 손가락 관절에 편리하게 붙일 수 있는 반창고에 집중하였습니다. 기존 일회용 반창고는 양 끝이 둥근 모양으로 손가락 관절에 붙였을 때 관절 부분이 고정되어 손가락을 움직이기 불편했습니다. 또 소재가 잘 늘어나는 소재가 아니기 때문에 당겨서 일회용 반창고를 붙이면 손가락이 쫄립니다. 또 숨구멍이 있는 제품도 있지만 그래도 손가락 관절에 땀이 차기 쉬운 소재이기 때문에 이미 관절에 붙여 구겨진데다가 그 부분에 땀이 차기 쉬워 금방 벗겨집니다.

우리 제품은 메디폼과 비슷한 소재로 잘 늘어나 손가락에 무리가 가지 않습니다. 움직이는데도 큰 불편함이 없습니다. 일반 일회용 반창고와 같은 크기로 제작되며 숨구멍을 확실하게 뚫어 땀을 최소화하려고 노력했습니다. 그리고 손가락을 구부렸을 때 느끼는 불편함을 일회용 반창고 자체의 모양을 바꾸는 방법으로 해결하였습니다.

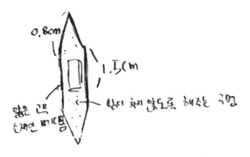

0.8cm

1.5cm

얇은 고무 / 대연 베디품

반티 쳐지 않도록 해주는 구멍

일회용 반창고의 양 끝을 기존의 둥근 모양이 아닌 삼각형의 모양으로 만들어 손가락 관절 부분을 최소의 면적으로만 붙어 있을 수 있도록 했습니다.

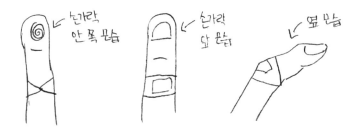

손가락 안쪽 모습

손가락 밖 모습

옆 모습

손가락 관절 부분을 막는 면적 자체가 줄어들기 때문에 땀이 덜나고 관절 부분에 붙어 관절이 고정되지 않기 때문에 움직임이 편리합니다.

또 반창고의 접착면을 잠자리 날개 모양으로 만들어 움직임을 편리하게 할 수 있습니다.

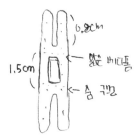

0.8cm

1.5cm

얇은 베디품

숨 구멍

현재 인터넷에 손가락 관절에 반창고 붙이는 방법을 검색해보면 많은 사람들이 일반 반창고의 끝을 잘라서 관절 부분을 피해 사용하고 있는 것을 볼 수 있습니다. 이러한 방법에서 착안하여 손가락 관절 부분에 아예 접착면이 닿지 않는 방법을 떠올렸습니다.

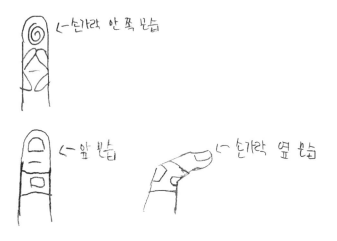

손가락 안쪽의 관절을 제외하고 손가락에 날개 부분을 감아 접착이 가능하도록 제작했습니다.

우리 회사의 제품은 불편하지만 대용이 없어 끝을 자르는 등의 방법으로 사용하던 일회용 건식 반창고를 조금 더 편리하고 개성 있게 사람들에게 다가가고자 하였습니다.

소비자 분석

나의 창업 아이디어 소비자는
지금 시대를 살아가는 현대인들 입니다.

현대인들은 개성과 편리함을 추구합니다. 편리함을 추구한 특별한 모양의 일회용 반창고로 소비자들을 사로잡을 수 있을 것입니다. 특히 개성과 관련하여 우리 회사의 이름이나 로고의 분위기에 맞추어 마치 게임 아이템과 같은 패키지로 구매욕을 자극시킬 수 있을 것으로 보입니다. 게임에 관심이 없는 소비자의 경우에는 제품의 질로 승부할 수 있습니다. 게임과 유사한 패키지로 흥미를 느끼고 구매를 한 소비자들이 제품의 아이디어나 질에 만족을 느끼고 입소문이 나 우리 제품을 사용해본다면 기존의 반창고와는 확실히 다르다는 것을 알 수 있을 것입니다.

덧붙여 아이들은 놀다 보면 손에 상처가 생기는 일이 많습니다. 그러나 활동량이 많아 일회용 반창고가 쉽게 떨어집니다. 이러한 아동의 보호자들이 어떻게 구매하게 되는지, 왜 구매하는지를 더 분석할 수 있을 것입니다.

판매 방법 및 홍보 전략

우리 'The Heal'의 일회용 건식 반창고는 의약품이기 때문에 약국에서 판매를 할 수 있습니다. 그리고 편의점에서도 판매할 예정입니다. 굳이 마트가 아닌 편의점인 이유는 사람들이 쉽게 갈 수 있는 곳이기 때문입니다. 특히 일회용 반창고를 하나씩 들고 다니는 사람들도 있지만 그렇지 않은 사람들이 더 많기 때문에 외부 활동을 할 때 갑자기 반창고가 필요한 경우가 많습니다. 손에 피가 나거나 발뒤꿈치가 까지면 반창고를 급하게 찾습니다. 그럴 때 사람들은 근처 편의점에 들러 일회용 반창고를 구매합니다. 편의점이 손쉽게 갈 수 있는 곳이기 때문입니다. 따라서 우리는 약국과 편의점에서 우리 제품을 판매하고자 합니다.

홍보의 경우 게임 회사에 광고를 넣을 계획입니다. '힐' 기능이 있는 게임 안에서 치유 아이템을 우리 회사 제품의 모습으로 나오게 하는 것입니다. 우리 회사 제품의 로고는 특히나 게임에 최적화된 디자인이기 때문에 위화감 없이 게임에 스며들 수 있을 것입니다. 게임 안에서 치유하는 스킬의 아이콘을 우리 회사 로고로 하거나 치유하는 과정에 우리 회사 제품을 사용하는 그림이 나오게 합니다. 게임 유저에게 우리 제품이 실재한다는 것을 알게 한다면 게임 유저는 게임 안에서 치유를 하면서 우리 제품을 떠올릴 수 있습니다. 게임 유저의 굿즈 개념으로 우리 제품에 관심을 가질 수 있을 것으로 보입니다.

비전

홍보 면에서 나의 목표는 게임 회사와 계약을 맺는 것입니다. 계약을 성공하기 위해서는 우리 제품의 질을 인정 받아야 하기 때문에 일차적인 목표로 잡기에 좋다고 생각했습니다. 홍보 관련하여 게임 패키지나 게임과 관련한 이벤트 등을 진행할 수 있으나 이는 모두 제품의 성능과 질을 높인 이후의 일입니다. 따라서 일차적인 목표를 이루기 위해서 우리가 할 수 있는 것을 찾고 해결하는 것이 당면과제라고 생각합니다. 그 목표를 이루고 난 뒤로는 소비자들이 우리 제품에 관심을 가지고 이 관심이 구매욕으로 이어질 것이라고 보고 있습니다. 따라서 긍정적인 미래를 꿈꿀 수 있다고 생각합니다.

More Closer

손현명

전기 · 인테리어 · 자재

간섭 없는 멀티탭
레일로 멀티탭 간의 간격을 조절하여
효율적으로 사용할 수 있는 제품

회사명

'More Closer'은 우리말로 '더 가까이'라는 뜻입니다. 소비자의 곁에서 소비자가 느끼는 것을 같이 느끼고 더 좋게 발전하겠다는 포부를 담았습니다. 소비자의 불편함을 말로만 공감한다고 하는 것은 쉽습니다. 우리는 더 가까운 곳에서 소비자의 의견을 듣고 발전해나갈 것입니다.

로고

'More Closer'이라는 회사명처럼 사람들이 더 가까워지는 모습을 형상화하였습니다. 먼저 초록색 동그라미 안의 두 곡선은 두 사람의 얼굴입니다. 두 명의 사람이 얼굴을 맞대고 있습니다. 검은색 'M'은 우리 회사 이름의 가장 앞 글자이자 두 사람의 팔입니다. 초록색 동그라미 안에서 두 팔을 맞대고 어깨동무를 하는 사람의 모습을 통해서 더 가까이 다가가 소통하는 우리 회사의 정신을 담았습니다.

창업 배경

멀티탭을 사용하면서 콘센트의 크기 때문에 멀티탭을 온전히 다 사용하지 못한 경험이 있으신가요? 저 또한 휴대폰, 패드, 노트북, 보조 배터리, 휴대용 선풍기, 컴퓨터 등 많은 전자기기를 사용하다 보니 이런 경험을 자주 했습니다.

제가 발견한 문제점은 바로 이것입니다. 일반적으로 사람들이 사용하는 콘센트는 크기나 모양에 따라 멀티탭의 구멍을 사용할 수 없는 경우가 많아 기존에 사용하던 콘센트를 뽑아 제거하거나 새로운 멀티탭을 연결해서 사용해야 했습니다. 기존의 문제점을 해결하려는 제품들이 있었지만 그 제품들은 구부러져 곡선 모양으로 사용해야 하거나 콘센트가 여러 방향으로 꽂히는 제품들이었습니다. 멀티탭은 벽면을 타고 고정하는 경우가 많다 보니 곡선 모양은 수납하기에 부적절한 경향이 있습니다. 콘센트 구멍 부분이 돌아가는 형태로 여러 방향으로 꽂히는 제품의 경우도 시각적으로 깔끔하지 않다는 단점이 있습니다. 또 공간 차지를 많이 하여 정리가 불편합니다.

우리 회사는 이러한 문제점을 해결하는 멀티탭을 발명했습니다. 일상생활에서 느끼는 사소한 불편함을 개선하는 제품을 만들어서 사람들이 느끼는 불편함을 덜어주기 위해서 만들어졌습니다.

창업 아이디어

제가 발명한 제품은 간섭 없는 멀티탭입니다. 콘센트의 크기가 달라 멀티탭의 모든 구멍을 사용하지 못하는 일이 있는데, 사이 간격을 조절하여

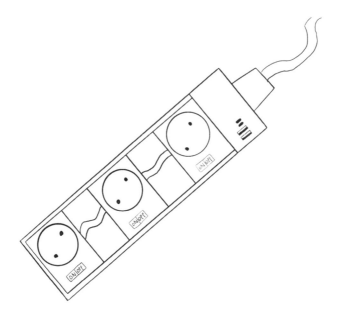

콘센트의 크기가 커도 모든 멀티탭의 구멍을 사용할 수 있는 제품입니다.

멀티탭의 겉에 레일을 설치하여 멀티탭의 사이 간격을 조절할 수 있게 만들었고, 현대인들이 자주 사용하는 충전 포트를 추가로 설치하여 공간 활용성도 늘리는 아이디어를 생각해 보았습니다. 레인 안의 선은 고무로 처리하여 감전되지 않도록 처리하였습니다.

우리 창업 아이디어의 특징이자 장점은 크게 세 가지가 있습니다. 첫째, 간섭이 없는 것입니다. 일반적인 멀티탭과 달리 사이 간격을 필요에 따라 조절할 수 있어 기존의 멀티탭보다 간섭을 당할 여지가 적습니다. 두 번째는 정리가 용이하다는 것입니다. 이 문제를 해결한 다른 제품들과 달리 일반 멀티탭과 같이 한 방향으로만 콘센트를 꼽기 때문에 정리가 편하고 벽 쪽에 붙여서 선을 정리할 때 선이 벽에 닿지 않아 선에 무리가 가지 않는다는 장점이 있습니다. 마지막으로 충전 포트와 공간 활용성입니다. 휴대폰 등 다양한 전자기기를 충전할 수 있는 USB 포트를 포함하고 있어 멀티탭에 충전기를 꽂지 않아서 다른 전자기기를 연결하여 사용할 수 있습니다. 일반 멀티탭은 사용하던 중 간섭이 일어나게 되면 기존에 사용하던 선을 뽑거나 새로운 멀티탭을 장착해야 하지만 우리 제품은 그럴 필요가 없습니다.

소비자 분석

나의 창업 아이디어 소비자는

전자기기를 사용하는 사람들 입니다.

멀티탭이라는 제품 특성상 나이, 직업, 성별에 구애받지 않아 보다 넓은 사람들을 소비자로 선정했습니다. 어린아이부터 나이가 많은 사람들 상관없이 전자기기를 사용하는 사람이라면 전부 사용할 수 있습니다. 다만 일반 멀티탭과 마찬가지로 어린아이의 경우 보호자의 지도가 필요합니다. 전자 포트, 김치 냉장고 등 많은 전자 제품이 있는 부엌이나 방에서 사용할 수 있습니다. 평소 멀티탭 사용에 불편함을 느끼는 사람들에게 특히나 혁신적인 제품이 될 것이라고 확신합니다. 마지막으로 전자기기의 선을 깔끔하게 정리하고 싶은 사람에게도 필요한 제품입니다. 우리 회사의 제품을 다른 멀티탭과 비교했을 때, 우리 멀티탭은 일직선의 형태를 유지하고 콘센트를 한 방향으로 꽂을 수 있어 일반 멀티탭과 정리하는 방법이 일치하기 때문에 그러한 사람들에게 접근성이 높다는 장점이 있습니다.

판매 방법 및 홍보 전략

우리 회사가 세운 홍보 및 판매 전략은 크라우드 펀딩입니다. 여기서 크라우드 펀딩이란 자금이 부족하거나 없는 사람들이 프로젝트를 인터넷에 공개하고 목표 금액과 모금 기간을 정하여 익명의 다수로부터 투자를 받는 행위를 말합니다. 저희는 이런 크라우드 펀딩을 이용하여 대중으로부터 자금을 조달받아 제품을 만들어 투자한 소비자들에게 판매하는 방법을 선택했습니다.

또 홍보를 위해서 SNS를 사용할 수 있을 것으로 보입니다. SNS에 우리 제품 크라우드 펀딩 광고를 내 대중의 시선에 자주 노출 시킵니다. 크라우드 펀딩 진행 중인 상황을 광고하고 우리 제품의 편리성을 알려 인지도를 얻고 호기심을 유발할 수 있습니다.

비전

우리 'More Closer'는 변화를 두려워하지 않고 소비자의 의견을 경청하여 항상 새로운 것을 시도하려는 자세로 발전해 나가고자 합니다. 그러기 위해서는 소비자들과 항상 소통하고 공부해야 합니다. 소비자들이 멀티탭을 구매할 때 가장 먼저 떠올릴 수 있는 기업이 되도록 국내 시장에서부터 그 위치를 공고히 다지고자 합니다.

Developing company

이승빈

웨어러블 컴퓨터

시각장애인을 위한 안경

회사명

Developing은 '발전하다'는 뜻입니다. 사회에 처음으로 나가는 우리 회사가 낮은 곳에서부터 시작하여 부족한 점을 발전해나간다는 뜻을 담았습니다.

Company는 회사라는 단어이기도 하지만 '떼, 모인 사람들, 동료'라는 의미도 있습니다. 우리 회사는 '동료'라는 뜻에 집중하여 동료들과 함께 발전하는 우리 회사를 상상했습니다.

로고

안경을 로고로 만들어 보았습니다. 굳이 안경인 이유는 우리 회사의 첫 시작 제품이 웨어러블 컴퓨터의 역할을 하는 시각장애인용 안경이기 때문입니다. 처음을 잊지 않고 초심을 유지하기 위해서 안경을 로고로 정했습니다.

안경알은 G 모양으로 디자인되었습니다. GPS 기능이 가장 특징적이기 때문에 GPS의 G를 따서 안경알 부분에 그려 넣은 디자인입니다.

창업 배경

처음에는 옷걸이에 집중했습니다. 새로운 형태의 옷걸이를 만들어 보려던 중 외갓집이 떠올랐습니다. 외갓집에 귀가 잘 들리지 않아 보청기를 사용하시는 분이 계십니다. 여기에 대해서 생각을 하다 보니 다른 장애는 어떨지 다시 생각해 보게 되었고 시각 장애와 관련해서 많은 어려움을 공감할 수 있었습니다.

스마트 시대입니다. 평소 웨어러블 컴퓨터(wearable computer)라고 해서 옷이나 안경, 시계 등 착용할 수 있는 컴퓨터가 많아지고 있습니다. 자전거 라이더의 경우 안경에 GPS 디스플레이를 넣어 속력을 표시하는 등의 기술이 나오고 있다고 합니다. 이러한 내용의 유○브 영상을 본 기억을 떠올리고 여기서 영감을 받았습니다. 웨어러블 컴퓨터를 시각장애인을 돕는 일에 적용할 수 있을 것이라고 판단하고 창업을 하게 되었습니다.

창업 아이디어

시각장애인들은 소리와 촉감만으로 생활을 하고 있습니다. 청각과 촉각만을 활용해서 일상생활을 영위해나가는 것에는 어려움이 따릅니다. 비장애인에게도 개개인에 따라 어려움을 느낄 수 있는 초행길도 시각장애인에게는 큰 도전이 됩니다. 우리 'Developing company'의 기술을 바탕으로 이러한 어려움을 해결할 수 있습니다.

우리 제품은 안경의 형태로 착용하게 됩니다. 안경에 부착된 인공지능 카메라와 GPS로 사용자의 시각에서 볼 수 있는 장애물을 스캔하여 스피커를 통해 음성과 경고음으로 설명해 줍니다. 길 찾기 기능을 통해 음성으로 길을 안내하고 장애물의 위치를 카메라로 스캔하여 안전한 외출이 가능하도록 돕습니다. 도로를 건널 때 몇 차선 도로인지 등을 GPS로 확인하여 안내할 수 있으며 눈 앞에 장애물이 발생할 경우 경고음을 울려 주의할 수 있도록 합니다. 경고음은 개인의 취향에 맞게 선택할 수 있습니다.

또 중요한 물건이 있다면 GPS를 달아 연동시킬 수 있습니다. 예를 들어 길에서 지갑을 잃어버렸을 때 시각장애인이 왔던 길을 다시 돌아가며 바닥을 모두 만져 볼 수는 없기 때문에 분실 위험이 비장애인보다 높을 것이라고 생각합니다. 이때 지갑에 GPS를 붙여두면 지갑을 잃어버린 위치를 알 수 있기 때문에 도움이 될 것입니다.

눈으로 볼 수는 없지만 소리를 통해 볼 수 있도록 하는 제품입니다. 안경의 형태로 만들어진 이유는 사용자의 시각에서 시야를 인식하기 위함이며 귀와 가까운 위치에 있기 때문에 소리를 효과적으로 전달할 수 있기 때문입니다. 특히 이미 안경은 많은 사람들이 시력 교정을 위한 목적으로 사용하거나 패션 아이템으로 사용하고 있기 때문에 시각장애인도 튀는 일 없이 자연스럽게 사용할 수 있다는 장점이 있습니다. 개인 취향에 따라 안경알에 색을 입힐 수 있습니다.

소비자 분석

나의 창업 아이디어 소비자는
시각장애인 입니다.

2020년 보건복지부의 「장애인실태조사」에 따르면 시각장애인들이 집 밖 활동을 할 때 불편함을 겪는 이유로 '외출 시 동반자가 없어서'를 38.06%로 1위, '장애인 관련 편의 시설 부족'을 35.6%로 2위에 꼽았습니다. 점자블록이 점차 많아지고 있기는 하나 규정에 어긋나는 등 여전히 어려움이 남아 있습니다.

시각장애인의 흰지팡이도 상당한 진화를 했다고 합니다. '애니모터스'라는 장치로 촉각을 이용하여 손으로 직진, 좌회전, 우회전을 알려주는 기기입니다. 이처럼 우리 회사의 제품도 시각장애인의 삶의 질을 높일 수 있을 것이라고 확신합니다. 지팡이만으로 알 수 없는 횡단보도의 길이나 갑자기 발생한 장애물, 지하철 출구, 주변 광고지 등을 읽고 음성으로 안내가 가능해 유용한 정보를 얻을 수 있습니다.

현재 우리나라에 고령층이 많아지고 있습니다. 인구 역피라미드 시대가 오고 있는 만큼 시각은 나이가 들수록 나빠지는 경향을 보이기 때문에 우리 제품을 필요로 하는 사람들이 많아질 것입니다.

판매 방법 및 홍보 전략

먼저 지하철역, 정류장, 고속도로 등 사람들이 자주 이용하는 곳에 간판을 설치합니다. 시각장애인의 가족이나 지인들이 우리 제품을 알 수 있도록 충분한 홍보가 이루어지도록 합니다. 또 장애 당사자가 우리 제품의 존재를 알 수 있도록 점자 광고를 제작하거나 유○브로 음성 광고를 만듭니다.

회사 제품 평점 제도나 사용 후기 댓글 이벤트를 열어 피드백을 받습니다. 사은품이나 할인 쿠폰 등을 제공할 수 있습니다. 또 체험 부스를 열어 실제로 우리 제품을 사용해보게 하는 이벤트를 엽니다.

이를 바탕으로 우리 제품이 어느 정도 알려지면 유명 연예인을 섭외하여 TV 광고를 제작합니다. 광고 내용은 장애인의 더 나은 삶과 관련하여 다양한 예시를 보여주고 우리 제품을 함께 광고합니다. 그 후에 더 많은 변화와 발전이 필요함을 강조하여 우리 사회의 경각심을 불러일으킬 수 있도록 합니다. 우리 회사의 제품을 홍보할 수 있음과 동시에 우리 회사의 최종 목적인 장애인들도 편리한 사회에 도달할 수 있을 것입니다.

비전

시각장애인을 위한 제품을 시작으로 사업을 확장할 수 있습니다. 여러 장애를 가진 사람들이 더 나은 세상에서 편리하게 살 수 있게 노력할 것입니다. 여기에는 우리 사회 구성원들의 노력이 동반되어야 한다고 생각합니다. 장애에 대한 긍정적인 사회적 분위기와 사회적 공감을 형성할 수 있도록 우리 회사도 인식 개선 광고를 만드는 등 여러 방면으로 노력할 것입니다.

다온 전광판

김효린

버스 전광판 사업

기존의 버스 전광판 사업에 아이디어를 덧붙여
사람들의 편리를 도모하는 기업
교통카드 충전과 노선표의 편리화를 위해 만들어진 서비스

회사명

'다온'은 사전 미등재어이기는 하나 우리말로 '기쁘고 즐겁고
행복한 일, 좋은 것들이 나에게 다가온다'는 뜻을 가졌다고 합
니다. 일이 잘되어서 번창하라는 마음을 담아 '다온 전광판'이
라는 회사명을 만들게 되었습니다.

로고

버스의 색이 일반적으로 파랑, 초록, 빨강이기 때문에 파랑과
초록, 빨강을 활용한 로고를 만들었습니다. '온'을 영문으로
쓰면 'on'입니다. on은 '켜다'라는 뜻을 가지는 단어입니다.
형광등을 켤 때 스위치에 on, off 적힌 것이 생각나서 형광등
스위치 모양으로 'on' 부분을 그렸습니다. on 위에는 형광등
의 색상인 노란색으로 빛이 들어옴을 표현하였습니다.

창업 배경

누구나 바쁜 아침을 겪어본 일이 있을 것입니다. 그런 날 버스를 기다리다 보면 시간을 더 줄일 수는 없을지, 교통카드 충전을 편하게 할 수는 없을지, 가는 길을 더 쉽게 알 수는 없을지 여러 생각이 듭니다. 바쁜 아침뿐만 아니라 평소에도 버스를 놓치는 경우가 많습니다. 저는 이러한 버스의 불편함을 편리화하기 위해서 아이디어를 냈습니다.

창업 아이디어

기존의 버스 전광판 사업에서 더 나아가 사람들의 편리를 도모하는 기업입니다. 사용에 어려움이 있는 터치식 전광판을 더욱 편리하게 만들고자 하였습니다.

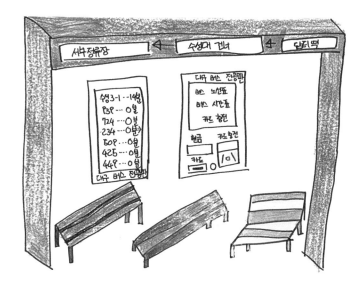

버스 정류장에 오고 가는 버스가 많으면 내가 타려는 버스가 언제 오는지 보기 위해서 전광판을 계속 보게 됩니다. 그러면 내가 가려는 목적지에 가는 또 다른 버스가 먼저 온 것을 보지 못해 놓치는 일이 많습니다. 그 결과 버스를 기다리는 시간을 단축할 수 없습니다. 저의 '다온 전광판'은 이러한 문제점을 다음과 같은 방법으로 해결합니다. 먼저 버스 노선표를 터치합니다. A라는 장소에 가고 싶으면 그 장소를 터치합니다. 화면에 A에 가는 모든 버스가 표시됩니다. 이러한 방법으로 한눈에 쉽고 빠르게 확인을 하고 버스에 탈 수 있어 가장 빠른 버스를 타고 목적지에 도착할 수 있습니다. 예를 들면 버스 노선표에서 TBC 방송국을 누르면 TBC 방송국에 수성 3-1번 버스와 814번 버스가 둘 다 간다라는 표시가 뜨게끔 나오는 것입니다.

또 다른 기능은 교통카드 충전 기능입니다. 현재 시중에 나와 있는 충전식 교통카드는 편의점에서만 충전이 가능하기 때문에 급할 때 편의점까지 뛰어가야 하는 불편함이 있습니다. 이 때문에 버스를 놓치기도 합니다. 그래서 제가 생각한 방법은 버스 전광판에서 교통카드를 충전할 수 있도록 하여서 교통카드 충전을 좀 더 편리화하는 것입니다. 편의점에서는 현금으로만 충전이 가능한 것에 비해 버스 전광판에서는 현금과 카드 모두 충전이 가능하여 더욱 편리합니다.

이뿐만 아니라 글을 읽지 못하는 분이나 보지 못하는 분들이 좀 더 대중교통을 편리하게 사용하실 수 있도록 읽어주기 기능도 추가할 계획입니다.

제 아이디어의 장점은 다음과 같습니다.

1. 본인의 목적지로 가는 버스가 몇 번이 있는지 노선을 한눈에 볼 수 있어서 편리하다.
2. 교통카드 충전이 현금과 카드가 모두 가능하고 그 자리에서 충전이 가능해 충전 후 바로 버스를 탈 수 있다.
3. 터치식 전광판은 위쪽이 아닌 아래쪽에 설치되기 때문에 보기가 편하다.

소비자 분석

나의 창업 아이디어의 사용자는

대중교통을 이용하는 모든 사람 입니다.

따라서 버스회사와 지자체와 계약하여 버스 정류장마다 다온 전광판을 설치할 계획입니다.

판매 방법 및 홍보 전략

먼저 일정 기간 대중들에게 제품의 평을 받아보는 시간이 필요하다고 생각합니다. 박람회 등을 통해 우리 회사 제품을 접하게 하고자 합니다. 기간은 가능한 한 길게 잡으려고 합니다. 그 이유는 최대한 많은 사람이 체험해보고 어떤 점이 괜찮고 어떤 점이 불편한지 많은 피드백을 얻고 싶기 때문입니다. 그후에 버스회사와 지자체와 계약하여 실질적으로 제품을 판매하고자 합니다.

사용 방법이 쉽지만, 어느 정도의 홍보가 필요하기 때문에 포스터나 영상 광고를 만들어서 사용 방법을 안내하려고 합니다. 특히 포스터를 전광판 옆에 비치하여 간단하게 사용 방법을 소개하고 인상을 남길 수 있어 좋다고 생각합니다. 영상 광고도 반복적으로 보다 보면 쉽게 이해할 수 있고 우리 회사를 떠올릴 수 있기 때문에 광고도 적절한 홍보 방안이라고 생각합니다.

비전

사업을 대구에서 시작해 다른 지역까지 확대하는 것이 목표입니다. 한 달에 한 번씩 전광판 검사를 해서 사업이 잘되면 해외 진출까지 할 수 있도록 합니다. 실생활에서 사용해본 뒤에 이용자들의 의견을 받아서 개선이 필요한 부분을 찾아 시스템을 개편하는 등 지속해서 개선할 계획입니다.

또 그 후에는 편리성을 더욱더 높이기 위해서 버스 정류장에서 장소를 검색하면 어떤 버스 정류장으로 가면 되는지를 표시해주는 기능을 추가할 계획입니다.

가나다라

손용

컴퓨터 프로그램

자동 맞춤법 검사 프로그램

회사명

우리말의 오타 및 맞춤법, 띄어쓰기를 확인하고 자동으로 수정해주는 프로그램이기 때문에 한글인 '가나다라'를 활용하여 회사명을 지었습니다. 회사명만 보고는 한 번에 우리 회사가 무엇을 하는 곳인지 유추하는 것이 쉽지는 않지만 호기심을 불러일으킬 수 있다고 생각합니다.

로고

로고에 글을 쓰는 것을 표현하여 문서를 작성할 때 사용하는 프로그램을 만드는 회사임을 드러냈습니다. 칠판과 같은 초록색을 사용하여 도움을 주는 선생님의 이미지를 넣었습니다. 깔끔하고 단순하게 표현하여 우리 회사의 이미지를 잘 표현한 것 같습니다.

창업 배경

1,688만 직장인들의 불편함을 덜고자 떠올린 아이디어로, 저 또한 일상생활 중에 이러한 점들이 불편했던 경험이 있었기 때문에 아이디어를 떠올릴 수 있었던 것 같습니다. 목적은 1,688만의 모든 직장인이 이 프로그램을 사용하는 것입니다.

제가 생각한 아이디어는 컴퓨터로 학교에서 하는 수행평가 활동을 작성하다가 오타가 났을 때 지우고 다시 쓰는 것이 불편하다고 생각하여 이 아이디어를 떠올렸고, 주변 친구들이 글을 작성하다가 오타가 났을 때 짜증을 내는 것을 보고 우리나라처럼 빠른 것을 좋아하는 사람들에겐 정말 필요한 것이라고 느꼈습니다.

창업 아이디어

현재 한글이나 워드 프로그램을 사용하면 붉은 밑줄이 그어지거나 자동으로 띄어쓰기가 이루어지고 있기는 하나 완벽하지 않아 불편함이 있습니다. 그래서 중요한 글을 쓸 때에는 '맞춤법 검사기'라는 프로그램에 복사를 해서 검사를 하고 수정을 한 후 다시 복사해서 가져오는 방법을 사용하고 있습니다. 이 과정이 복잡해 귀찮음을 느끼는 사람이 많습니다.

우리 회사의 프로그램은 이력서나 결재 서류를 작성하다가 오타나 맞춤법, 띄어쓰기를 틀렸을 때 자동으로 '수정하시겠습니까?'라는 메시지가 뜨고 엔터키를 누를 시에 자동으로 수정되는 프로그램입니다. 또 다른 표현 방법들을 제시하여 선택할 수 있도록 합니다. 맞춤법이 틀린 경우 맞는 맞춤법에 대한 간단한 설명을 추가하여 이를 참고하여 사용자가 옳게 수정을 할 수 있도록 합니다. 프로그램은 자유롭게 껐다가 켰다가 할 수 있으며 문장을 쓰고 바로 수정하거나 한 문단을 쓰고나서 수정하는 등 언제든지 수정을 할 수 있도록 합니다. 따라서 오타가 났을 때나 띄어쓰기를 틀렸을 때 빠르게 대처할 수 있으므로 나중에 다시 따로 검토하지 않아도 된다는 장점이 있습니다. 이렇기 때문에 오타나 띄어쓰기 수정에 들어간 시간을 단축할 수 있을뿐더러 맞춤법 검사까지 건너뛸 수 있으니 한번에 해결할 수 있습니다.

우리 회사의 프로그램은 우리나라 사람들의 특징 중 하나인 빨리빨리를 제대로 반영하여 사소한 것 하나하나에도 빠른 일 처리를 가능케 함으로써 우리나라 사람들에게 안성맞춤인 프로그램이라고 생각합니다. 이렇기에 신속함과 정확함이 저의 창업 아이디어의 특징이자 장점이라고 할 수 있습니다.

소비자 분석

나의 창업 아이디어 소비자는
학교나 회사 혹은 개인 입니다.

남녀노소 구별할 필요 없이 컴퓨터를 활용한 서류 작성을 하는 모든 사람이 소비자가 됩니다. 모든 학생, 직장인, 작가 등 컴퓨터로 글을 작성하는 사람들에게 필요한 프로그램입니다. 따라서 개인이 우리 프로그램을 구매할 수 있습니다. 그뿐만 아니라 학교나 회사에서 프로그램을 구매하여 배포할 수 있습니다. 특히 학교에서 수행평가를 할 때 맞춤법을 선생님께 물어보지 않고 바로 확인하고 공부할 수 있어서 효율적일 것 같습니다.

판매 방법 및 홍보 전략

3개월 무료 사용 이벤트를 열어 효율성을 중요시하는 사람들, 매사에 느린 것을 싫어하고 정말 빨리빨리 일 처리를 원하는 사람들이 우리 프로그램을 사용하도록 합니다. 3개월간 사용해보면 편리함을 느낀 사람들이 지속해서 우리 프로그램을 사용할 것이라고 생각합니다. 빨리빨리를 중시하지 않는 사람들이라도 편리함에 익숙해진다면 우리 프로그램에 대한 선호도가 있을 것으로 생각합니다.

온라인 광고를 통해서 컴퓨터를 사용하는 사람들의 눈에 자주 노출하는 방법으로 홍보를 할 수 있을 것으로 보입니다.

비전

계속 프로그램을 업데이트를 하며 고객들의 컴플레인이나 제안 등을 귀 기울여 듣고 적극적으로 반영해 더 나은 프로그램으로 개선해 나갈 것입니다. 기존 고객들의 만족도를 계속 유지할 수 있도록 하는 것이 목표이고, 이에 따라 경제적 가치는 충분히 보장될 것 같습니다. 우리나라의 전 국민이 사용하는 것을 목표로 국내 비전을 긍정적으로 바라보고 있습니다. 궁극적으로는 전 세계인들이 사용할 수 있는 프로그램을 만들고 싶습니다. 우리말인 '가나다라'를 전 세계인들이 알도록 하고 싶습니다. 제가 만든 프로그램은 사회에 꼭 필요한 프로그램이 될 것입니다. 한글을 넘어서 세계 각기 다른 언어들까지도 문법을 틀리지 않고 수정할 수 있도록 프로그램을 성장시키고 싶습니다.

뉴인두

이은수

전자 작업 공구

기존의 인두기를 변형시킨
새로운 인두기

회사명

회사명은 '뉴인두'이고 '뉴'는 'new'를 뜻합니다. '새롭다'는 단어를 사용하여 새로운 인두기라는 뜻을 표현했습니다. 이후에는 인두기 뿐만 아니라 공구들을 새롭게 변형시켜 좀 더 편리한 상품을 만들고자 합니다.

로고

우리는 일상생활을 할 때 여러 가지 불편함을 느낍니다. 우리는 이러한 불편함을 해결하고자 모인 사람들입니다. 이 로고는 여러 공구를 생각하는 사람을 통해서 매일매일 좀 더 편하고 기분 좋게 공구를 사용할 수 있게 구상하는 우리 회사를 나타내고 있습니다. 일상생활 속의 불편함 중 우리는 공구와 관련된 제품을 판매하는 회사이기 때문에 생각 상자 안에 각종 공구를 넣었습니다.

창업 배경

실제로 납땜을 할 때 겪었던 불편한 점들을 개선해 더 편하고 빠르게 납땜을 할 수 있도록 하기 위해서 만들었습니다. 기판 납땜을 할 때 단선을 꺾는 부분이나 자르는 부분이 많은데 그때 드라이버가 필요합니다. 이때 드라이버가 분실성이 높아서 문제가 있었습니다. 그리고 납땜을 할 때 인두기 사용하면 선을 꼽아서 사용하게 되는데 그 선들이 걸리적거립니다. 그래서 인두기의 드라이버와 무선 인두기를 생각하게 되었습니다. 이런 인두기나 흡입기 등 공구를 편하게 만들어 사람들이 사용할 수 있게 하는 것이 목적입니다.

창업 아이디어

이 뉴인두라는 회사는 인두뿐만 아니라 각종 공구들을 예전보다 더 편리하고 간편하게 사용할 수 있는 것을 만드는 회사입니다. 여기서 '인두라이버'라는 제품을 소개하고자 합니다. 이 제품은 충전식으로 납땜을 할 때 단선을 꺾거나 자르는 일들이 많은데 드라이버와 같은 기능을 하는 것을 인두기와 장착시켜 좀 더 편하고 빠르게 납땜을 할 수 있는 구조로 만들어졌습니다. 드라이버는 여러 종류로 바꿀 수 있고 쓰지 않을 때는 수납할 수 있습니다. 그뿐만 아니라 방향 조절이 가능합니다.

뉴인두는 충전을 완료했을 때 8시간 사용이 가능합니다. 밀어내는 스위치 부분을 중간으로 하면 드라이버 부분 조정이 가능합니다. 밀어내는 스위치 부분을 맨 밑으로 하면 전원이 꺼지고 맨 위로 하면 인두기 사용이 가능합니다.

우리 회사가 만든 신소재로 충전식 인두기 형태 모양에 중간 부분 드라이버가 삽입되어 있고 밀어내는 스위치 부분이 있습니다. 여러 공구를 복잡하게 사용하지 않고 하나의 공구로 납땜을 할 수 있다는 장점이 있습니다.

소비자 분석

나의 창업 아이디어 소비자는
납땜을 하는 사람들 입니다.

보호자의 주의가 필요한 연령대(0세~13세)를 제외하고 모든 사람이 사용할 수 있도록 간편하게 만들어 공구 판매 업체 중에서 원탑을 찍을 것입니다. 공업 고등학교 등에서 특히 수요가 있을 것으로 보입니다.

판매 방법 및 홍보 전략

인터넷 주문을 할 수 있도록 만들고 전국적으로 가게를 차려서 판매할 생각입니다. 물론 홍보도 할 것입니다. SNS, 이메일 마케팅, 회사 블로그를 활용함으로써 좀 더 많이 홍보할 수 있도록 할 것이고, 이벤트나 사은품 같은 것을 증정해 더욱 판매를 올릴 것입니다.

비전

'인두라이버' 이후로 납땜 작업을 할 때 여러 공구들을 가지고 하는 불편한 일이 없게 만들 것입니다. 이 제품을 팔고 얻은 이익으로 인두기뿐만 아니라 다른 공구들도 좀 더 편하고 여러 기능을 할 수 있는 공구들로 개발할 것입니다. 기술의 발전으로 자동화가 많이 이루어지고 있기는 하지만 직접 작업하는 일도 있어 이를 무시할 수는 없습니다. 이 분야의 기술을 배운 사람들이 일상생활에서 사소하게 고칠 수 있는 것을 고칠 때나 실습을 할 때에 더 빠르고 편하게 작업을 끝낼 수 있게 하고 싶습니다.

막얼려대

장윤석

식품 관련 제품 판매

과냉각 현상을 활용한
아이스크림 막대

회사명

우리 회사는 아이스크림 막대를 만드는 회사입니다. 아이스크림 막대가 아이스크림을 얼려준다고 해서 '막대'와 '얼린다'라는 말을 합쳐서 '막얼려대'가 되었습니다.

로고

녹는 아이스크림을 얼리는 막대이기 때문에 녹는 아이스크림과 우리 회사 제품을 시각적으로 표현하여 버튼이 달린 막대가 있는 아이콘을 선정했습니다. 글씨는 아이스크림에 알맞게 차가운 느낌을 주는 글꼴과 색상으로 선정했습니다.

창업 배경

아이스크림을 천천히 음미하며 먹다 보면 언제나 아이스크림이 녹아 손에 떨어지곤 했습니다. 옷에 흘리기라도 하면 일이 커집니다. 큰 불편함은 아니지만 일상생활 속에서 누구나 겪을 법한 일을 해결해보고자 이 아이템을 만들게 되었습니다.

더운 날씨에도 막대 아이스크림 본연의 맛을 즐길 수 있도록 하자는 생각에서 시작된 아이디어입니다. 막대 아이스크림을 급하게 먹지 않고 천천히 먹더라도 아이스크림이 녹아서 떨어질 일이 없도록 하는 것에 집중했습니다. 아이디어를 떠올리다 보니 이가 약해 아이스크림을 빨리 씹어 먹지 못하는 어린아이들이나 어른들에게도 유용할 것이라는 생각이 들었습니다.

창업 아이디어

제품 이름은 '막얼려대'입니다. 이 제품은 우리 회사만의 신소재로 만들어진 긴 원통 모양의 막대입니다. 막대에 버튼이 있어 이를 눌러서 사용하는 형태입니다. 막대기 아래쪽에 위치한 버튼을 누르면 막대가 과냉각 현상을 띄면서 아이스크림이 녹지 않게 되는 원리로 충전식으로 한 번 충전하면 최대 5시간을 사용할 수 있으며 인체에 무해한 성분으로 제작했기 때문에 안전합니다. 신소재 메탈 소재로 이루어진 막대 속에 과냉각 액체를 넣어 막대에 있는 버튼을 누르면 막대에 미세한 진동이 생겨 충격을 받은 과냉각 액체가 급속도로 얼어붙어 막대에 붙어있는 아이스크림을 빠르게 다시 얼려줍니다.

소비자 분석

나의 창업 아이디어 소비자는
아이스크림 소비자와 동일한 사람 입니다.

이가 약한 어린아이나 노인과 같이 차가운 음식을 빠르게 먹지 못하는 사람들, 아이스크림을 천천히 녹여 먹는 것을 선호하는 사람들에게 긍정적인 반응이 있을 것으로 보입니다. 국내 시장에서의 입지를 넓힌 후에 세계적으로 진출을 노립니다. 아이스크림이 녹는 것을 불편해하는 사람이 많기 때문에 경제적인 가치는 보장되어있다고 생각합니다.

판매 방법 및 홍보 전략

먼저 음료에 아이스크림이 들어가는 카페와 계약을 할 수 있을 것으로 보입니다. 카페에서는 일반적으로 고객들이 긴 시간 대화를 하면서 음료를 마시기 때문에 '막얼려대'의 수요가 있을 것입니다.

또 최근 홈 카페의 유행으로 음료를 몰드에 넣어 집에서 만드는 아이스크림 바에 대한 수요가 있었습니다. 카페에서 '막얼려대'를 접한 사람들이 관심을 가질 수 있다고 생각합니다. 따라서 일반 가정집에 편리하게 공급될 수 있도록 온라인 상점을 통해 상품들을 판매하고자 합니다. 아이스크림 만들기 세트를 함께 판매하는 등의 전략을 활용하여 손님들의 수요를 높이는 전략을 사용합니다. 또 청소년층과 20~30대가 많이 사용하는 SNS에서 게시물 광고나 영상 광고 등을 활용하여 인지도를 높인 후에, TV나 블로그, 카페 등을 이용해 바이럴 마케팅을 할 수 있을 것으로 보입니다.

비전

신소재의 연구를 지속적으로 하여 원가를 낮추고 무게를 가볍게 만들어 가격과 편리함이라는 두 마리의 토끼를 잡고자 합니다. 이후 제과 회사와 계약을 맺고 본격적으로 사업을 진행할 수 있을 것으로 기대하고 있습니다.

요술램프

박진희

애플리케이션

웨이팅 시간을 구체적으로 알려줘
웨이팅을 편리하게 해주는
애플리케이션

회사명

요술램프는 제 이름에서 따온 이름입니다. 제 이름이 진희인데 이 이름을 발음 나는 대로 적으면 '지니'가 됩니다. 그래서 소원을 들어주는 요술램프의 요정 지니가 생각나서 회사명은 요술램프로 결정하였습니다. 편리함을 주는 애플리케이션이 마치 요술 같다는 뜻을 담았습니다.

로고

로고는 회사 이름인 요술램프를 직관적으로 표현했습니다. 요술램프에서 나오는 지니가 소원을 이루어줄 것이라는 느낌을 주고 싶었습니다. 지니의 밝은 웃음이 사용자들에게도 전염되기를 바라면서 웃는 얼굴로 표현해보았습니다.

창업 배경

유명한 식당이나 카페에서 웨이팅을 할 때 몇 분이나 더 기다려야 하는지 몰라서 포기한 적이 있습니다. 이 불편함을 어떻게 해결할 수 있을지 생각하다 이 아이디어가 떠올랐습니다. 웨이팅을 할 때 시간이 없는 사람들을 위해 애플리케이션을 이용해 그 불편함을 편안함으로 바꾸어 주고 싶어서 이 아이디어를 바탕으로 애플리케이션을 만들기로 하였습니다.

창업 아이디어

현재 존재하고 있는 웨이팅 애플리케이션은 주로 번호표를 받고 자리가 나면 알람이 오는 방법을 사용하고 있습니다. 인원수 때문에 알람이 오더라도 더 기다려야 하는 경우도 있고 원하지 않는 자리에 앉게 되는 경우도 있습니다. 우리 회사의 애플리케이션은 사람들이 식당에서 기다릴 때 자신이 원하는 식당의 자리를 선택하고 예약한 뒤 그 자리에 있는 손님이 입력한 시간을 바탕으로 약 몇 분 안에 그 자리가 나는지 알려주는 시스템입니다. 언제 자리가 나는지도 모르고 무작정 기다리기에는 시간 낭비가 심하기 때문에 이 애플리케이션으로 그러한 문제점을 해결할 수 있습니다.

휴대폰 애플리케이션을 실행하고 먼저 로그인합니다. 로그인 후에 내가 가고자 하는 가게를 선택합니다. 애플리케이션에 GPS 기능을 넣어 터치하거나 장소를 검색하여 가게를 선택할 수 있습니다. 가게를 선택해 자리를 지정하면 그 테이블의 손님이 나가는 시간을 확인할 수 있습니다. 사용자는 시간을 확인하고 웨이팅을 할 것인지 하지 않을 것인지를 결정할 수 있습니다. 그 자리에 웨이팅을 할 것이라고 정하면 다음 웨이팅 손님을 위해서 그 테이블에서 얼만큼을 사용할 것인지 시간을 입력하고 웨이팅을 합니다. 가게는 음식이나 음료가 나오는 시간을 입력해두어 사용자가 총 웨이팅 시간을 알 수 있도록 합니다.

소비자 분석

나의 창업 아이디어 소비자는
맛집이나 인○○그램 감성으로 유명한 카페 등을 찾는 사람들 입니다.

현재 관련 애플리케이션이 있지만 우리 회사의 애플리케이션은 특징이 있어서 사람들이 쓸 것이라고 생각합니다. 사람들이 자주 가는 유명한 식당들과 카페들과 계약을 맺어 우리 애플리케이션에 넣으면 사람들이 더욱 우리 애플리케이션을 사용할 것입니다. 이 애플리케이션을 사용하게 되면 식당 자리를 기다리다 지쳐서 그냥 가시는 분들이 없어질 것이고 파는 가게 주인도 돈을 더 잘 벌 것입니다. 그래서 서로 윈윈 전략이 될 것입니다. 먹는 사람도 기다림도 없이 먹을 수 있을 것이고 파는 사람도 돈을 잘 벌게 될 것입니다.

판매 방법 및 홍보 전략

이 애플리케이션은 무료로 설치하고 사용할 수 있습니다. 광고를 통해서 수익을 창출할 계획입니다. 또 애플리케이션과 가계를 연계해 할인 행사를 할 계획입니다. 또 광고를 통해 홍보를 할 것입니다.

비전

우리 회사는 전 세계 사람들이 쓰는 애플리케이션이 될 것입니다. 그 이유는 사람들은 식당에서 기다리는 것에 대해서 지치고 힘들다는 인식이 있기 때문입니다. 기다리는 것이 싫은 사람들이 많아 많은 사람이 이용할 것이라고 생각합니다. 현재 예약하는 시스템은 있지만 자리 예약이나 그 자리의 손님이 언제 나가는지 알려주는 시스템은 없기 때문에 애플리케이션은 많은 사람들에게 유용하게 쓸 것이라고 생각합니다. 이 애플리케이션을 쓰고 편리해지기를 바랍니다.

경보723 (G.B)

이경섭

전자 작업 공구

여러 공구 중
인두기의 새로운 형태를 제시하는 회사

회사명

경보의 '경'은 제 이름인 '경섭'에서 따온 것입니다. 자부심을 가지고 제 이름을 넣은 회사를 창업하고 싶어서 이름에서 따왔습니다. '보'는 '웅보 출판사'에서 가져왔습니다. 저의 아이디어는 저의 전공인 전자회로와 관련이 있습니다. 전공 수업 전자회로의 교과서가 '웅보 출판사'라서 여기에서 가져와 보았습니다. 그리고 '723'은 제 생일입니다. 회사 이름에 저를 드러내는 숫자를 넣어 책임감을 보여주고자 하였습니다.

로고

로고는 먼저 '경보'의 이니셜인 G.B를 파란 글씨로 표현하였습니다. 신뢰감을 주는 파란색을 통해 회사의 이미지를 만들었습니다.

창업 배경

저는 공업 고등학교에 다니고 있습니다. 그래서 전공 시간 실습이 많습니다. 일주일에 세 번, 하루 네 시간씩 실습하다 보니 자연스레 여러 불편한 점이 생겨났습니다. 그래서 제가 직접 느낀 불편함과 반 친구들이 느낀 불편한 점을 바탕으로 힘든 실습 시간을 조금이라도 더 편하게 하기 위해서 아이디어를 내기 시작했습니다. 그리고 납땜을 전문적으로 하는 직업을 가지신 분들이 더 수월하게 작업을 하실 수 있도록 하려면 어떻게 해야 할까를 고민하여 제품을 완성하게 되었습니다.

창업 아이디어

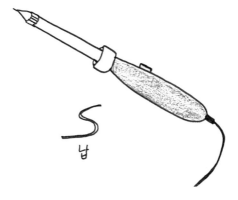

기존 인두기의 모습은 위와 같습니다. 한 손에는 인두기를, 다른 손에는 납을 잡고 납땜하게 됩니다. 이러한 방법은 시간이 오래 걸리고 양손이 자유롭지 못하다는 어려움이 있습니다. 저는 이러한 문제점을 해결하기 위해 G.B 납뚜기라는 제품을 제안합니다.

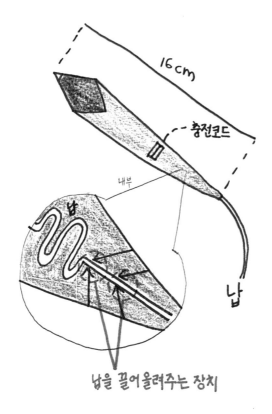

16cm

충전코드

내부

납

납을 끌어올려주는 장치

　G.B 납뚜기는 충전식 인두기로 무선이라 편리합니다. 16cm의 길이로, 손에 쥐고 사용하기 좋은 크기로 만들어졌습니다. 일반적인 인두기의 유선 부분으로 납이 들어가게 됩니다. 납은 G.B 납뚜기 내부에서 글루건처럼 장치에 의해서 납이 올라가 납땜이 가능해집니다.

　우리 제품을 통해서 공업 고등학교 학생들이 학교 실습 시간 중 납땜을 하는 시간을 줄일 수 있고 힘이 덜 들어 학생들의 고충을 줄일 수 있습니다. 뿐만 아니라 납땜이 직업인 사람들도 일을 더 수월하고 빠르게 할 수 있도록 할 것입니다.

소비자 분석

나의 창업 아이디어 소비자는
납땜과 관련된 일을 하는 사람 모두 (공고 학생, 관련 종사자) 입니다.

마케팅 시장의 규모는 납땜과 관련된 사람들이 소비자이기 때문에 한정적입니다. 하지만 납땜과 관련된 일을 하는 사람들 중에서는 납땜을 귀찮아하는 사람들이 많아서 납땜의 단계를 줄이는 것에 대한 수요가 있습니다. 유사한 제품으로 인두기 옆에 납이 나오도록 붙여서 사용하는 제품이 있으나 각도를 조절하는 등의 사전 작업이 필요합니다. 반면에 우리 제품은 인두기 안에서 바로 납이 나와 해당 단계가 불필요해 더 편리하다는 점이 특별합니다. 이러한 점이 소비자에게 매력적일 것입니다. 이를 바탕으로 납땜 업계에서 가장 좋은 제품을 만들고 더 좋은 제품을 최초로 만들어서 회사 규모를 키울 것입니다.

판매 방법 및 홍보 전략

먼저 공업 고등학교에 직접 방문해서 홍보를 합니다. 학교와 계약을 맺어 국내의 모든 공고에 납품을 하고 싶습니다. 또 공업 고등학교 근처에 있는 서적이나 문구사에 납품을 해 학생 개인이 구매할 수 있도록 합니다.

또 요즘 많은 사람들이 유○브를 보기 때문에 빅데이터를 기반으로 유○브에 광고를 넣어서 사람들에게 우리 회사 제품을 알릴 것입니다. 그리고 인스타나 페○○북을 통해 홍보할 것입니다.

쿠○이나 티○ 같은 인터넷 쇼핑몰에서도 판매를 할 수 있습니다. 그리고 홈쇼핑 광고 같은 방법도 사용하여 회사 제품을 더욱더 알릴 것입니다.

비전

우리 회사는 직접 겪은 것을 바탕으로 인두기를 개발하는 것이기 때문에 다른 회사의 인두기보다 사용자들의 불편함을 더 잘 이해하고 어떤 회사보다 빠르고 확실하게 그런 불편함을 개선해 나갈 수 있다고 자부합니다. 회사를 경영하면서 노력하여 더 질이 좋은 제품을 만들고 소비자들이 믿고 사용할 수 있는 회사가 되고 싶습니다.

노 레이지

주동근

서비스 제품

학교에서 사용하는
급식 호출 벨

회사명

노 레이지는 'No lazy'라는 뜻으로 '게으르지 말자'라는 의미도 있고 '귀찮음 금지'라는 뜻을 담아 귀찮음이 많은 사람들을 조금 더 편하게 만들자는 의미로 선정했습니다.

로고

크레파스를 가지고 손으로 직접 그린 듯한 글씨로 학생의 느낌과 귀여운 이미지를 주고자 하였습니다. 또 알록달록한 색을 사용하여 눈에 띄도록 하였습니다. 딱딱한 느낌을 탈피하여 부드럽게 느껴지도록 디자인하였습니다.

창업 배경

학교 급식은 반별로 먹습니다. 그런데 학생마다 급식을 먹는 속도가 다르고 식단마다 먹는 시간이 달라지기 때문에 반별로 급식을 먹는 시간이 정확하게 정해져 있지 않습니다. 그래서 대기하는 시간이 길어집니다. 저는 이 시간이 아깝게 느껴졌습니다. 지겹기도 하고 여름에는 덥고 또 겨울에는 춥습니다. 비가 오거나 눈이 오면 더 힘이 듭니다. 그 시간에 교실이나 운동장에서 친구들과 놀고 싶다는 생각을 했습니다. 그래서 이 시간을 어떻게 하면 줄일 수 있을지 생각하다가 아이디어를 떠올렸습니다.

창업 아이디어

급식을 먹기 위한 줄을 서는 시간이 춥거나 덥기 때문에 이 시간을 줄이기 위해서 만든 호출 벨입니다. 반마다 벨을 하나씩 설치합니다. 이 벨은 급식실에서 눌렀을 때만 울립니다. 영양사 선생님이나 급식 지도 선생님께서 급식실 상황을 보고 다음 반이 오면 바로 급식을 먹을 수 있다고 판단이 서면 호출 벨을 누릅니다. 그 호출 벨을 받은 반은 나와서 급식실로 갑니다. 이런 식으로 호출 벨을 설치하면 학생들은 급식실 밖에서 기다리지 않아도 되고 급식 지도 선생님들도 편해집니다.

벨을 개발하고 생산하는 비용은 약 1,000만원 안으로 예상하고 있습니다. 호출 벨은 이미 있는 제품이기 때문에 이를 학교에 적합한 모양과 음향을 개발하여 적용하면 될 것으로 보입니다.

소비자 분석

나의 창업 아이디어 소비자는
학교 입니다.

개인이 구매하여 사용할 수 있는 물건은 아니기 때문에 급식실이 있으나 급식이 반별로 이루어지는 학교, 수학여행이나 수련회가 이루어지는 숙소 등이 소비자가 될 것입니다. 전국을 대상으로 하는 제품이고 고장의 가능성이 있기 때문에 지속적인 관리가 필요할 것으로 보입니다.

판매 방법 및 홍보 전략

계약 자체는 학교와 해야 하므로 학교에 홍보하는 것도 중요하지만 학생들이 제품을 사용해보고 리뷰하는 형식으로 광고를 만들고 인터뷰도 해서 홍보를 해야 한다고 생각합니다. 요즘은 SNS가 핫하기 때문에 광고를 여러 군데에 나오게 할 것입니다. 예를 들면 유○브에도 나오고 인○○그램에서도 나오게 광고를 넣어서 최대한 많은 사람이 보도록 합니다. 우리 제품의 존재를 알리고 학생들이 편하겠다는 생각을 가지게 하는 것이 중요합니다. 이렇게 인지도를 높이고 편리하다는 인상을 주면 학생들이 설치해달라고 학교에 직접 건의하거나 전교 회장을 뽑을 때 학교생활을 편리하게 하는 공약 중 하나로 걸 가능성이 있기 때문입니다.

비전

  학생들이 더욱 쾌적한 환경에서 학교생활을 할 수 있도록 하는 회사입니다. 더 나아가 식당이 있는 공공기관에 설치하게 된다면 더욱 회사의 규모가 커질 것으로 보입니다. 이후 필요한 다른 기능들을 추가하여 편리하지만 게으르지는 않은 회사를 만들어 나갈 것입니다.

walking moon

전상현

생활용품

커튼을 편리하게 열 수 있는 장치

회사명

처음 회사명을 지을 때 제 이름을 활용하고 싶었습니다. 그래서 저는 상현이라는 이름에 집중했습니다. 상현. 저는 곧바로 상현달을 떠올렸습니다. 상현달은 반달입니다. 저는 이제 달에 집중하기 시작했습니다. 달에는 어떤 이미지가 있는지 생각했습니다. 달은 조금씩 움직여서 매일 밤 까만 하늘을 홀로 가로질러 갑니다. 여기서 회사 이름을 떠올렸습니다. 소문자로 'walking moon'. 걷는 달이라는 뜻입니다. 목표를 향해서 천천히 나아가며 발전해간다는 의미를 담았습니다.

로고

walking moon

'walking moon'이라는 이름을 그대로 표현했습니다. 저의 이름에서 착안한 회사명이기 때문에 로고도 저를 드러낼 수 있도록 저의 글씨체로 로고를 만들었습니다. 소문자가 주는 감성적인 감각을 살려 까만 밤하늘을 가로질러 걸어가는 달의 이미지를 나타냈습니다.

창업 배경

방 침대에 누워 뒹굴뒹굴하다 보면 눈으로 햇살이 쏟아집니다. 커튼을
치고 싶다는 생각이 듭니다. 그런데 꼭 그럴 때는 커튼을 치는 일이 그렇
게 귀찮을 수가 없습니다. 그럴 때 생각합니다. 비싼 호텔 스위트룸처럼
손뼉을 치면 커튼이 닫혔으면 좋겠다.

저 같은 학생들은 20만 원을 들여 원격 자동 커튼 개폐기를 사기가 어
렵습니다. 적은 비용으로 누워서 커튼을 칠 수 있는 제품을 만들면 어떨
지 생각해보았습니다. 저처럼 일명 '귀차니즘'이 심한 사람들에게 편리한
제품을 만들고자 창업을 하게 되었습니다.

창업 아이디어

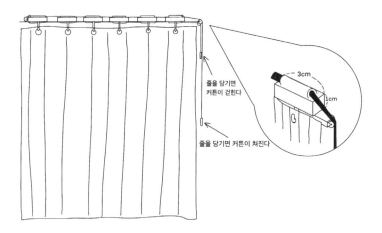

줄을 당기면
커튼이 걷힌다

3cm

1cm

줄을 당기면 커튼이 쳐진다

우리 제품은 침대에 누워서도 사용할 수 있는 자동 개폐기입니다. 커튼
중간으로 이동해 양쪽의 커튼을 잡을 필요 없이 블라인드처럼 한 쪽에서

쉽게 커튼을 정리할 수 있습니다. 사용이 간편하여 남녀노소 사용할 수 있습니다.

창문 위에 레일을 설치합니다. 이 레일은 일반 커튼 봉을 설치하는 것처럼 못을 박아 고정할 수 있습니다. 자취생을 위해서 접착 테이프로도 고정할 수 도록 설계하였습니다. 레일은 1m 단위로 구매가 가능합니다. 레일에 올라가는 우리 제품의 글라이더는 10개 단위로 구매할 수 있습니다. 이 글라이더는 레일 위에서 줄로 연결되어 있습니다. 이 커튼 글라이더에 연결된 줄 커튼 오른쪽에서 내려온다고 가정하면 왼쪽 끝에 도르래를 만들어 줄을 고정할 수 있습니다. 때문에 줄을 올리고 내리는 방식이 아니라 두 개의 손잡이를 모두 내리는 방식으로 커튼을 열고 닫을 수 있다는 특징이 있습니다.

소비자 분석

나의 창업 아이디어 소비자는
귀차니즘이 심한 사람들 입니다.

'귀차니즘'이 심한 사람들은 일상생활 속의 불편함을 해결하기 위해서 돈을 쓰는 경향이 있습니다. 다만 일상생활 속의 불편함은 그냥 견딜 수도 있는 정도의 불편함인 경우가 많기 때문에 편리함 대비 금액이 너무 높은 경우 구입을 하기에 부담을 느끼기도 합니다. 우리 회사의 제품은 적은 비용으로 쉽게 편리해질 수 있기 때문에 구매를 할 확률이 높다고 생각합니다.

또 일상생활 속의 작은 불편함을 적극적으로 해결하려는 사람들은 막

자취를 시작하는 젊은 사람들이 많습니다. 이러한 사람들을 위한 애플리케이션들이 많이 나와 있습니다. 애플리케이션 이용자를 우리 제품을 구매할 수 있는 잠정 고객으로 분석할 수 있을 것입니다.

판매 방법 및 홍보 전략

기본적으로 네〇버 쇼핑몰과 같이 인터넷 쇼핑몰을 활용하여 판매를 합니다. 또 소비자 특성을 반영하여 홍보 및 판매를 할 수 있을 것으로 보입니다.

소비자의 특성을 반영하여 애플리케이션 〇룸 만들기, 오〇의 집 등에서 제품을 판매할 수 있습니다. 해당 애플리케이션에서 바이럴을 통한 광고를 활용하는 것처럼 우리 회사의 제품도 '커튼 열기 귀찮은 사람'이라는 문구를 통해 인〇〇타그램 광고 등을 할 수 있을 것으로 보입니다.

비전

저는 업무의 자유도를 높여 성과를 중시하되 신뢰가 있는 회사를 만들 것입니다. 직원들이 작은 불편함도 놓치지 않고 찾아내어 현대인들의 일상을 보다 편리하게 만들고 싶습니다. 커튼 제품으로 시작하여 집 안에서 쓸 수 있는 다양한 아이디어 상품을 만들겠습니다.

up life (업라이프)

최도현

생활용품

담뱃재가 떨어지는 것이
불편한 사람들을 위한 제품

회사명

up에는 '위쪽으로'라는 뜻이, life에는 '삶'이라는 뜻이 있습니다. 문법적으로는 맞지 않지만 한 번에 이해할 수 있는 쉬운 단어들을 통해 삶의 질을 올려주겠다는 다짐을 담았습니다. 올라가는 상승의 이미지를 통해 긍정적인 느낌을 주었습니다.

로고

로고는 열기구 모양을 가져왔습니다. 열기구는 불을 피우면 위로 올라갑니다. 사람들이 타는 바구니에는 life라는 단어를 넣었습니다. 우리 회사가 열기구가 되어 사람들의 life(삶)을 위로 올려주겠다는 의미입니다. 불처럼 활활 타오르는 열정과 끝없이 올라가는 열기구처럼 지속적으로 노력하겠다는 정신을 담았습니다. 또 열기구가 주는 도전정신의 이미지를 통해 창의적인 아이디어를 생각해내겠다는 다짐을 보여주고자 하였습니다.

창업 배경

흡연자들을 보면 라이터를 자주 잃어버려 곤란을 겪는 것을 볼 수 있습니다. 다시 사기에는 애매한 금액이라 주변 사람들에게 빌리게 되는데 라이터가 있는 사람을 찾기가 힘들어 곤란할 때가 있다고 합니다. 또 담뱃재가 흘러 가방이나 옷을 더럽히기도 합니다. 저는 이러한 불편함을 해결하고자 아이디어를 냈습니다.

창업 아이디어

직사각형의 모양으로 기존의 직사각형 담배 케이스와 비슷한 형태입니다.

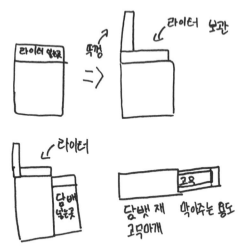

기존의 담배 케이스 위에 라이터를 보관할 수 있습니다. 뚜껑을 위로 열면 라이터 보관을 하는 공간이 있습니다. 이곳에 라이터를 넣어두면 라이터가 빠질 위험이 낮아 잃어버리는 일을 막을 수 있습니다.

담배는 슬라이드 형식으로 보관하게 됩니다. 슬라이드 형식이 편리하다는 인식이 있어 그렇게 선택하였습니다. 그 바닥에 고무마개를 넣어 담뱃재가 떨어지지 않도록 디자인하였습니다. 흡연자들이 담배를 주머니나 가방에 보관할 때 고무마개로 인해서 담뱃재가 흘러나오지 않아 삶의 질을 높일 수 있습니다. 고무마개는 분리가 가능하며 필요하면 분리해 안을 청소할 수 있습니다.

소비자 분석

나의 창업 아이디어 소비자는
흡연자 입니다.

담뱃재로 옷이나 가방 안이 더러워지는 것을 좋아할 사람은 없을 것입니다. 제 아이디어는 흡연자가 겪어봄 직한, 사소하지만 삶의 질을 떨어뜨리는 문제점을 찾아 해결하고자 하였기 때문에 한 번이라도 불편함을 느낀 적이 있는 사람이라면 매력을 느낄 것이라고 생각합니다.

판매 방법 및 홍보 전략

가성비를 따진 부담스럽지 않은 가격부터 희소성을 높인 디자인으로 프리미엄이 붙은 가격까지 다양한 가격대가 있으면 소비자가 필요에 맞게 구매할 수 있을 것입니다. 담배를 판매하는 편의점, 슈퍼 등의 매대에서 볼 수 있는 광고판을 제작하여 설치하고 매대에서는 실용성을 따진 제품을 위주로 광고하는 것이 효과적일 것이라고 생각합니다. 또 SNS 등과 같이 사람들이 많이 볼 수 있는 곳에 프리미엄 제품을 홍보할 계획입니다. 패션이나 아이템에 대한 소비가 점점 높아지고 있는 요즘 희소성이 높은 디자인은 소장 가치가 있어 구매욕을 자극할 것입니다.

비전

최종적으로 기존에 있는 담배 회사와 협업하여 우리 회사가 만든 담뱃갑을 보편화해 담뱃갑의 기본 디자인 자체를 우리 제품으로 하는 것이 목표입니다. 흡연자들이 느끼는 또 다른 불편함을 찾아 이를 해소해주는 제품을 만들어 계속해서 우리 아이디어에 추가하도록 하겠습니다.

STORY LOOK

김민호

도수 조절 안경

편리성을 높인
나를 위한 도수 조절 안경

회사명

사람은 시각을 통해서 많은 경험을 합니다. 눈으로 무언가를 보고, 느끼고, 기억하고 추억을 쌓습니다. 우리 회사는 그것을 한 사람의 이야기라고 칭합니다. 우리 제품을 통해 그 이야기를 더 잘 볼 수 있도록 한다는 의미를 담아 회사명을 지었습니다. '이야기'라는 뜻을 가진 'Story'와 '보다'라는 뜻을 가진 'Look'을 합쳐 고객의 이야기를 보고자 합니다. 우리는 스토리 하나하나를 직면하고자 합니다.

로고

STORY LOOK의 폰트를 두껍게 설정하여 강인한 느낌을 주고자 하였으며 안경의 이미지를 통해 직관적으로 안경을 만드는 회사임을 드러내었습니다. 안경을 정면으로 배치하여 우리가 만드는 안경과 우리 회사의 사람들은 당신의 이야기를 정면으로 바라본다는 의미를 담았습니다.

창업 배경

안경을 쓰는 사람이 많습니다. 2015년 대한안경사협회에서 만 19세 이상을 설문 조사한 결과 콘택트렌즈를 포함하여 대한민국 국민 중 안경을 착용하는 사람의 비율이 54.6%에 달했다고 합니다. 이는 30년 동안 두 배 이상이 증가한 결과입니다. 이 원인은 환경적 요인에서 찾을 수 있는데 스마트폰을 사용하면서 눈 건강이 급속도로 낮아지는 모습을 보였습니다. 따라서 안경을 쓰는 사람들이 더 늘 것으로 보입니다.

안경을 끼게 되면 불편한 일들이 상당히 많습니다. 추운 곳에 있다가 따뜻한 곳에 들어가거나 라면을 먹을라치면 김이 서리고, 공놀이를 하다 공에 맞으면 쉽게 부서집니다. 잘못 눕기만 해도 안경이 휘어집니다. 시력이 변화하여 안경을 다시 맞추어야 하는 과정이 번거롭고 힘이 듭니다. 또 비용면에서도 상당히 부담됩니다. 안경을 착용하는 사람들은 각자마다의 이유로 불편함을 겪고 있습니다. 이러한 불편함을 하나씩 해소해나가기 위해서 우리 회사를 설립하게 되었습니다.

창업 아이디어

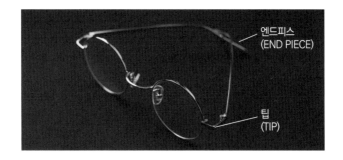

기존 안경의 불편함 중에서 도수 문제와 안경테 문제를 해결하고자 하였습니다. 먼저 기존의 안경은 현 상태보다 눈이 나빠지면 안경원으로 가서 비싼 돈을 주고 다시 안경알을 바꾸어야 한다는 단점이 있습니다. '2015 전국 안경 콘택트렌즈 사용률 조사'에 따르면 청소년의 경우 18.4%가 6개월 미만의 교체 주기를 보이는 경향을 보였습니다. 기간을 1년으로 잡으면 63%에 달합니다. 이는 상당히 귀찮고 돈이 많이 드는 일입니다. 하지만 이러한 일은 안경을 쓰는 사람에게는 당연한 일이기 때문에 사람들이 평소에 귀찮고 돈이 많이 든다고 생각하면서도 안경원에 갈 수밖에 없습니다. 우리 회사의 도수 조절 안경은 이러한 문제를 해결합니다. 도수 조절 안경은 엔드피스 바로 밑부분에 레버를 설치하여 레버가 움직일 시 회사의 기술로 제작한 특수 필름이 이동하여 도수를 최대 -0.3 ~ +0.3까지 조절하는 원리로 작동합니다. 일반적인 안경의 모습과 동일하되 엔드피스 밑에 레버가 들어가는 형태입니다.

레버가 들어가다 보니 다른 제품보다 어느 정도 무게감이 있을 수 있어 가벼운 철강제를 쓰면서도 편안한 착용감을 느끼도록 디자인하였습니다. 이때 자사 개별의 특수한 철강제를 활용하여 가볍고 튼튼한 안경테를 만듭니다. 여기서 가장 특징적인 것이 개인이 안경을 조절할 수 있다는 것입니다. 안경다리를 이중으로 감싸 안경테를 늘이고 줄이는 것이 가능하게 했습니다. 또 안경 팁 부분에 톱니를 설치하여 귀 부분의 각도 조절이 가능합니다. 이렇게 안경을 자기 얼굴에 맞게 조절하여 더 편안한 착용감을 느낄 수 있도록 하였습니다.

소비자 분석

나의 창업 아이디어 소비자는

안경을 사용하는 사람 입니다.

최근 안경이 패션의 요소 중 하나로 떠오르고 있습니다. 이에 따라 소비자들이 안경에 쓰는 비용이 더욱 늘어나고 있어 편하게 쓰는 안경을 시력에 맞게 자주 구매해야 한다는 사실이 부담스러운 사람들이 많을 것입니다. 따라서 튼튼하고 도수 조절이 되는 우리 안경이 이러한 문제를 해결해 줄 수 있을 것으로 보입니다.

판매 방법 및 홍보 전략

먼저 브랜드 광고용 트레이드 마크 캐릭터를 제작할 계획입니다. 캐릭터를 안경 홍보에만 사용하는 것이 아니라 캐릭터의 귀여움을 내세워 대중들에게 인식될 수 있도록 하는 것이 중요합니다. TV 광고에 우리 캐릭터를 많이 노출하여 '안경' 하면 'Story Look'이 떠오르게 합니다. 이후 전문 유○브 채널을 설립하여 캐릭터와 관련된 영상을 제작하고 광고를 합니다. 현재 다른 안경 브랜드가 점유율이 높기 때문에 캐릭터를 만들어 인지도를 높이는 것이 중요합니다.

기존 다른 안경원을 이용하던 사람들을 사로잡기 위해 자사의 특별한 기능인 도수 조절, 안경테 조절 기능을 충분히 홍보하고 첫 구매 시 행사 이벤트를 하는 등 고객을 늘려갈 것입니다.

비전

안경을 쓰는 인구는 점점 늘고 있습니다. 서울시교육청의 '2010년도 학교별 건강검진 내역'에 따르면 중학교 1학년 중 74.8%가 안경을 쓰고 있거나 써야 하는 상태였다고 합니다. 머리카락, 치아 건강, 시력 등이 축복받아야만 얻을 수 있는 것이라는 말이 있는 만큼 시력이 나쁘면 불편한 점이 많습니다. 우리 회사는 이를 해결해나고 싶습니다. 단순히 안경알에서만 끝나는 것이 아니라 안경의 팁, 엔드피스 등의 안경의 전반적인 상식을 깨고 안경알로 시작해 눈에 관한 모든 불편을 해결하고 싶습니다.

2005

박정배

필기구 사업

테블릿 PC에
손가락으로 글씨를 쓰듯
종이에 손가락으로
글씨를 쓰는 볼펜

회사명

회사명은 2005입니다. 2005는 말 그대로 2005년을 뜻하며 저의 출생 연도이기도 합니다. 회사명을 출생 연도로 선정하여 회사가 곧 저임을 표현하였습니다. 2005년이라는 출생 연도는 2022년 기준으로 만 16~17세에 해당합니다. 이 숫자는 창업을 하는 시점에서는 혁신의 이미지를, 시간이 지나 우리 세대가 기성세대가 될 미래에는 믿음의 이미지를 줄 수 있다고 생각합니다.

로고

회사 로고는 회사명인 2005를 다 담아낼 수 있도록 2005라는 숫자를 조합하여 만들었습니다. 곡선 디자인을 통해 부드러운 느낌을 줄 수 있도록 하였습니다.

창업 배경

학교에 다니다 보면 이동 수업을 하는 경우가 많습니다. 쉬는 시간에 잠을 자거나 휴식을 취하다 보면 필기구를 잊고 이동 수업 교실로 가는 경우가 많습니다. 그럴 때는 필기구를 빌려야 해서 이만저만 불편한 것이 아닙니다. 교복 주머니에 항상 필기구를 하나 넣어두면 좋겠지만 필기구를 주머니에 넣어두고 책상에 앉거나 친구들과 놀다 보면 허벅지가 찔리기에 십상이라 여의치 않습니다. 저는 이러한 문제점을 해결하기 위해서는 무엇을 할 수 있을지 생각해 보았습니다. 여기에 덧붙여 평소에 필기구를 사용하면서 느낀 불편함을 해소하고 많은 사람이 조금 더 편하게 필기구를 사용했으면 하는 바람에서 여러 가지 아이디어를 떠올려 필기구 사업을 시작하기로 했습니다. 일상생활에 도움을 주려는 필기구를 만드는 것이 주된 목적입니다.

창업 아이디어

평소 필기구가 없어 곤란한 상황을 마주한 적이 있을 것입니다. 하필 그날 가방이 없어 필기구를 챙기기 어렵거나 필기구를 잊어버리고 챙기지 못한 경우들이 종종 있습니다. 우리는 이런 상황이 닥치면 급하게 볼펜을 빌리려고 하지만 쉽지 않았을 것입니다. 최근 휴대전화 메모를 하는 경우가 많아지면서 필기구를 가지고 다니는 사람이 더욱 적어지고 있습니다. 그러나 필기구가 꼭 필요한 상황이 있고 그럴 때마다 우리는 곤란해집니다. 이때 아주 작은 볼펜이 있다면 어떨까 생각해보았습니다. 손가락 한 마디 정도에 끼워서 사용하는 아주 작은 볼펜이 있다면?

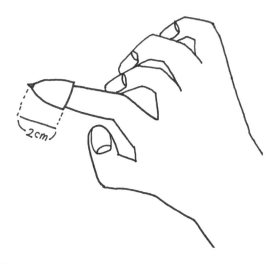

이 볼펜은 2cm 정도의 길이로 제작됩니다. 손가락에 끼워서 사용하는 볼펜인 만큼 볼펜 심이 많이 들어가지 않아 오랜 시간 동안 많은 양의 필기를 하기에는 적절하지 않으나 잠깐 사용하는 용도로 아주 좋습니다.

이 볼펜은 아주 작기 때문에 편리하게 휴대할 수 있습니다. 아무리 작은 가방일지라도 넣어둔 채로 잊고 지내다가 필요할 때 꺼내 쓸 수 있습니다. 주머니에 넣어두어도 허벅지를 찌르지 않으며 이물감이 느껴지지 않아 편리합니다. 가방이나 주머니가 없는 경우에는 손가락에 끼운 상태로 이동할 수도 있습니다.

소비자 분석

나의 창업 아이디어 소비자는

필기구를 쓰는 모든 사람 입니다.

마케팅 시장에 이미 여러 가지 필기구 회사가 있지만 편리함을 추구하는 소비자들에게는 우리 회사의 제품이 다른 회사에 비해 충분히 경쟁할 수 있는 가치가 있다고 생각합니다. 왜냐하면 우리 회사가 만든 필기구는 다른 필기구에 비해 확연하게 짧아 편리하게 휴대할 수 있는 특징이 있기 때문입니다. 이미 반 뼘 정도의 볼펜이나 늘려서 쓰는 볼펜 등 휴대와 관련된 볼펜들이 많이 나와 있다는 점에서 휴대하기 쉬운 볼펜에 대한 수요는 확실하다는 것을 알 수 있습니다. 그러나 시중의 제품들은 그 길이가 아주 짧지 않아 불편함이 완전히 해소되었다고 볼 수 없습니다. 따라서 우리 회사의 제품은 충분한 경쟁력을 가질 수 있을 것입니다.

판매 방법 및 홍보 전략

기본적으로 문방구 등에서 팔고 있는 볼펜이 아주 비싸지는 않기 때문에 저의 아이디어 제품도 기존의 볼펜과 비슷한 가격대일 것으로 예상합니다. 따라서 학생들도 부담 없이 살 수 있을 것입니다. 남녀 관계없이 기본적으로 깔끔한 디자인을 선호할 것이라고 생각되며 덧붙여 남학생들은 시원시원한 디자인을 좋아하고 여학생들은 아기자기한 디자인을 좋아할 것으로 보입니다. 이를 고려하여 디자인하면 성별과 관계없이 판매가 가능할 것입니다.

학교 주변 문구점이나 서점 등 필기구를 판매하는 곳에 우리 제품을 납품할 것입니다. 인터넷으로는 묶음으로 판매할 계획입니다. 우리 제품을 손쉽게 접하도록 방문 홍보와 SNS와 같은 미디어 매체를 활용해 홍보를 진행할 예정입니다. 여러 사람이 볼 수 있도록 영상 앞에 광고를 넣거나 지나가면서 한 번씩 볼 수 있는 위치에 광고를 넣을 것입니다. 특히 SNS

나 미디어 매체는 많은 사람이 사용하고 유입이 많기 때문에 홍보 효과가 좋을 것 같습니다.

비전

소비자들의 말에 귀를 기울여 문제점을 파악하고 계속해서 발전해 나아가는 것이 우리 회사의 목표가 되어야 한다고 생각합니다. 필기구에 아이디어를 덧붙여 새로운 제품을 만드는 것은 너무 사소해서 큰 의미가 없어 보일지도 모릅니다. 하지만 우리 제품을 통해서 조금이라도 삶의 질이 높아진다면 그 자체로 의미가 있다고 생각합니다. 우리 회사의 최종 목적은 '2005'를 하나의 브랜드로 만들어 대한민국을 빛내는 것입니다. 이미 기존에 있는 문구 회사와 다르게 삶의 질을 높인다는 이미지를 통해 새롭고 혁신적으로 소비자에게 다가갈 것입니다.

LSI

전민제

보안

보안에 더욱 집중한 우체통

회사명

회사명은 Lock Safe Important의 약자입니다. Lock은 잠그다, Safe는 안전한, Important는 안전이라는 뜻을 가진 영어 단어입니다. 우리 회사 이름은 말 그대로 잠금과 안전을 중요시한다는 뜻입니다. 우리는 보안을 중심으로 하는 회사라는 것을 한 번에 알 수 있게 하는 이름입니다.

로고

로고에 크게 자물쇠 이미지를 사용함으로써 잠금의 상태, 즉 보안을 중점으로 둔 회사라는 것을 부각했습니다. 자물쇠 아래에 회사명을 표시했습니다.

창업 배경

요즘도 우체통에 든 우편물을 다른 집으로 옮겨두는 장난이 있습니다. 저는 이런 장난을 보고 어떻게 해결할 수 있을지 생각했습니다. 보안이 중요한 요즘 세상에서 사람들이 더 안전하고 편리한 세상을 살아가는 데 도움이 될 수 있도록 아이디어를 만들었습니다.

창업 아이디어

먼저 보안 우체통은 단단하여야 하므로 철을 사용하여 테두리와 내부를 단단하게 만드는 것이 중요합니다. 보안 우체통 100개를 만들기 위해서는 대략 2시간이 소요됩니다. 단기간에 대량 생산하기 위하여 공장에서 기계들을 사용하여 만들어냅니다. 그리고 돈을 아끼기 위해 해외에 공장들을 세울 계획입니다. 또 그것들을 페인팅할 페인트가 필요합니다. 다만 우체통의 디자인은 아파트 등 건물의 인테리어마다 달라질 수 있기 때문에 기본 디자인은 정해두되 필요하다면 계약 체결 후에 결정합니다.

원리는 다음과 같습니다. 먼저 보안 우체통 앞면에는 우편물을 넣을 수 있는 구멍을 만듭니다. 이 구멍은 우편물은 들어가되 손을 넣어 가지고 갈 수 없을 만큼 작게 만듭니다. 우편물에는 수신자와 발신자의 정보가 적혀있습니다. 이 내용을 외부인이 확인할 수 없기 때문에 집에 누가 사는지와 같은 개인정보를 지킬 수 있습니다. 또 우편물이 어느 정도 쌓여 있는지도 확인할 수 없어서 집이 비었는지 비어있지 않은지를 노출하는 일이 없습니다.

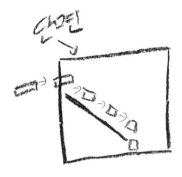

보안 우체통의 단면을 잘라보면 경사면이 있습니다. 우편물을 넣으면 이 경사물을 따라 우편물이 아래로 내려가게 됩니다. 따라서 사람의 손이 우체통 입구로 들어오더라도 우편물을 쉽게 가지고 갈 수 없게 만들었습니다.

또 우체통의 아래쪽에 비밀번호를 입력할 수 있게 하여 비밀번호를 입력해야만 우체통이 열리도록 합니다. 보안성을 높이는 장치로 비밀번호 기능은 지문 인식으로 변경이 가능합니다. 집에 사는 모든 사람을 등록할 수 있으며 그 외 만약을 위해 필요시 우체부나 관리사무소도 등록할 수 있습니다.

소비자 분석

나의 창업 아이디어 소비자는
건설사, 건물주 입니다.

우리 회사는 보안이 취약해서 생기는 문제점들을 해결하기 위해서 만들었습니다. 새로 짓는 건물뿐만 아니라 오래된 아파트에도 우리 회사 제품을 설치할 수 있기 때문에 긍정적으로 시장을 바라보고 있습니다.

또 여성 혼자 사는 가구가 늘어나면서 개인정보 보호에 대한 관심도 늘어나고 있습니다. 이러한 현재 트렌드에 맞아떨어지는 제품이라고 생각합니다.

판매 방법 및 홍보 전략

고급화 전략을 사용하여 사람들의 선호도를 높이는 것이 중요합니다. 최근 짓고 있는 건물들과 계약하여 우리 제품의 존재를 알리고 우리 제품이 편리하고 깔끔하며 안전하다는 인식을 심어줍니다. 최근 아파트나 오피스텔 등이 무인 택배함을 설치하여 고급화 전략을 사용하는 경향을 보이는 것처럼 우리 제품도 계약한 건물과 잘 어우러지도록 디자인을 할 계획입니다. 새로운 건물에 우리 우편함을 설치하며 인지도를 높입니다. 이후 이전에 지어진 건물이 우편함을 바꾸는 경우 우리 제품을 소개할 수 있도록 합니다.

개인 주택에서도 설치를 할 수 있도록 시스템을 만들 것입니다. 광고를 통해서 제품의 존재를 알리고 주택에도 설치할 수 있다는 것을 소개하면 좋을 것으로 보입니다. 특히 주택은 보안의 위험이 있기 때문에 이를 강조하여 소개합니다. 여성 가구에게도 마찬가지로 안전을 강조하는 홍보 전략을 짤 수 있습니다.

비전

날이 갈수록 보안에 대한 관심이 높아집니다. 보안 문제가 있는 곳에 우리 회사 제품들을 투입하여 더 안전하고 편한 사회를 만들고 싶습니다.

국내뿐만 아니라 국외에도 시선을 돌려 더 안전한 세상을 위해 보안을 지켜주는 상품을 만들어 더 안전한 세상을 만들 것입니다.

유오홈

김동우

생활용품 및 가구 사업

당신의 일상에 도움이 되어줄 회사
튜브형 제품을
편리하게 사용할 수 있는 디스펜서

회사명

유오홈은 Your home으로 '당신의 집'이라는 뜻입니다. 일반적으로 Your home은 '유얼홈'이라고 읽게 되나 우리 회사 이름을 위해 발음을 쉽게 바꾸어 '유오홈'이 되었습니다. Your home, 당신의 집을 꾸며줄 가구와 당신의 집에서의 생활을 편안하게 만들어줄 제품들을 만드는 회사입니다.

로고

파란 네모 안에 집을 그려 Your home, 당신의 집을 표현했습니다. 파란색의 보색에 해당하는 노란색을 사용하여 눈에 띄도록 색상을 선택했습니다. 네 모서리의 원은 나사를 표현한 것으로 나사를 조여 벽에 거는 것 같은 이미지를 만들었습니다. 동그라미, 세모, 네모 등 선을 사용한 이미지로 깔끔한 느낌을 내어 단순하면서도 깔끔하고 세련된 느낌을 로고에 담아 우리 회사가 기능이나 성능뿐만 아니라 디자인도 고려하여 제품을 만든다는 것을 보여주고자 하였습니다. 실내 인테리어에 필요한 제품을 만드는 우리 회사에 적합한 로고라고 생각합니다.

창업 배경

평소에 겪었던 경험으로 아이디어를 시작하게 되었습니다. 아침에 일어나 학교에 가기 위해서 씻을 때 느꼈던 불편함입니다. 치약을 쓰다 보면 어느날 양치를 하려고 할 때 치약이 너무 조금 남아있습니다. 평소에는 힘으로 눌러서 짤 수 있지만 정말 조금 남은 치약을 모조리 다 쓰고 싶을 때는 손의 힘만으로는 불가능합니다. 여성의 경우 손아귀의 힘이 약해 더 그렇습니다. 이미 남은 치약을 짜주는 여러 제품들이 있습니다. 하지만 남자의 손으로 힘을 주면 플라스틱 제품이라 잘 부서졌던 경험이 있습니다. 치약에서 잘 빠지기도 합니다. 차라리 안 쓰는 게 낫다고 생각할 때가 많습니다.

또 튜브형 샴푸나 클렌징폼, 트리트먼트를 사용할 때도 마찬가지입니다. 치약보다 입구가 크고 튜브가 두꺼워 남은 내용물을 쓰기가 더 어렵습니다. 이 때 하나의 디스펜서(손잡이·단추 등을 눌러 안에 든 것을 바로 뽑아 쓸 수 있는 기계나 용기)가 있다면 어떨까 생각하게 되어서 창업을 하게 되었습니다.

창업 아이디어

치약을 사용하다 보면 치약이 튜브 끝부분에 남아 나오지 않는 경험을 할 것입니다. 손만으로는 내용물을 다 짜서 사용할 수 없어 이미 시중에 나와 있는 제품들이 많습니다. 치약짜개, 치약 디스펜서, 치약 스퀴저 등으로 검색하면 나오는 제품들의 공통점은 디스펜서에 치약을 끼운 상태로 사용한다는 점입니다. 이때 치약의 끝부분을 주목해보면 해당 부분이 두꺼워 디스펜서에 처음 말아 넣는 것이 쉽지 않다는 것을 알 수 있습니다. 또 다 쓰고 나서 치약을 버리기 위해 디스펜서에서 빼는 것도 쉽지 않습니다. 우리 제품은 이러한 문제점을 해결할 뿐만 아니라 다른 특별한 점을 담아냈습니다.

우리 제품은 연필깎이와 비슷한 크기와 형태를 가집니다. 가로 15cm, 세로 15cm, 높이 25cm로 세워두고 사용하는 제품입니다. 우리 제품의 특별한 점은 치약뿐만 아니라 다른 제품들도 끼워서 사용할 수 있다는 점입니다. 특히 로션이나 핸드크림, 튜브형으로 나온 조미료 등을 끼워서 사용할 수 있습니다. 시중의 치약 디스펜서의 경우 크기가 다양하지 않아 끼워 사용할 수 있는 제품이 한정적인 데 반하여 우리 제품은 15cm까지 사용이 가능하기 때문에 튜브 형태로 된 다양한 사이즈의 제품을 끼워 사용할 수 있습니다.

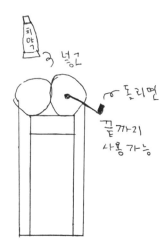

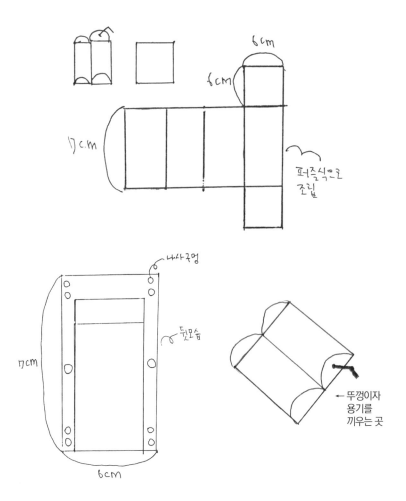

원통 모양의 누르개 사이에 튜브 제품을 끼우고 손잡이를 잡고 돌리면 아래쪽으로 튜브의 내용물이 나옵니다. 적은 힘으로 원통이 돌아가도록 손잡이가 크게 돌도록 하였습니다. 또 적은 양까지 조절할 수 있도록 섬세하게 움직일 수 있도록 하였습니다. 한 손으로는 손잡이를 잡고 돌리고 다른 손으로는 튜브의 내용물을 받아 사용할 수 있습니다. 또 바닥에 접

시나 샤워볼 등을 놓고 사용할 수 있기 때문에 활용도가 높습니다.

소비자 분석

나의 창업 아이디어 소비자는
편리한 생활에 관심이 있는 사람 입니다.

연령대를 한정하지 않고 일상생활에 있어서 편리함에 관심이 있는 모든 사람이 소비자입니다. 손에 힘이 없는 어린아이나 노인의 삶의 질을 높일 수 있는 제품이며 그렇지 않은 사람들에게도 편리한 제품입니다. 이런 제품을 살 때 디자인은 상당히 중요한 요소입니다. 따라서 최저비용으로 깔끔하고 고급스러운 느낌을 주는 것이 중요할 것으로 보입니다. 기본 색상을 흰색으로 하고 다양한 색상을 선택할 수 있게 하려고 합니다. 또 대리석의 느낌을 주는 시트 등을 활용하여 다양하게 인테리어로 활용할 수 있도록 해야 합니다.

판매 방법 및 홍보 전략

다양한 생활용품 등을 광고하여 우리 회사를 홍보합니다. 제품에 관심을 가지고 우리 홈페이지에 들어오면 생활용품뿐만 아니라 우리 회사의 가구를 볼 수 있습니다. 이때 생활용품에 관심을 가지고 방문한 소비자들에게는 가구와 관련된 이벤트를, 가구에 관심을 가지고 홈페이지에 방문한 소비자들에게는 생활용품과 관련된 이벤트를 제공하여 소비자가 실제로 구매를 하지 않더라도 한 번 홈페이지를 둘러볼 수 있도록 합니다. 이러한 방법으로 회사 이름을 알리고 홍보를 할 수 있습니다.

일상생활 중에 어려움을 빈번하게 느낄 수 있는 장애인이나 노인들에게도 적합한 제품을 많이 팔 것이기 때문에 장애인복지센터나 요양원에도 직접적으로 홍보할 수 있을 것으로 보입니다. 점점 시장 규모를 키워 텔레비전이나 전광판 광고까지 하려고 합니다.

비전

일상생활의 불편함을 해결하기 위한 제품을 계속해서 나오고 있습니다. 누워있는 상태에서 불을 끄기 위해 일어나기 싫은 사람들을 위한 블루투스를 통해 핸드폰으로 누워서 불을 끄는 제품, 개밥을 세끼 다 챙기기가 귀찮은 사람을 위한 자동 개밥그릇이 나오는 것처럼 소비자는 더욱 편리한 제품을 원합니다. 우리 회사는 소비자의 마음을 읽고 소비자를 만족시킬 수 있는 제품을 만들어 나갈 것입니다. 일상생활에 사용이 잘되고 장기적으로 사용이 가능한 가구를 만들어 계속 회사가 이어 나가는 것이 목표입니다.

체리 블라썸

박채린

뷰티 분야 로드샵

24시간 화장품 리필샵

회사명

블라썸은 'Blossom'으로 꽃을 피운다는 뜻입니다. 꽃이라
는 아름다운 결과물을 피워낸다는 뜻을 담았습니다. 제 이
름인 채린에서 '체리'를 떠올려 체리 블라썸이 되었습니다.
'cherry blossom' 그 자체는 벚꽃이라는 뜻이기도 합니다.
벚꽃이라는 단어에서 주는 희고 분홍빛이 도는 이미지가 화
장품 회사에 적절하다고 느껴졌습니다. 꽃봉오리에서 꽃이
피어나듯 화장품의 내용물이 있어야 화장이 피어난다는 의미
를 담았습니다.

| 로고 | 로고는 열매 모양으로 체리 블라썸의 모습을 형상화했습니다. |

로고는 열매 모양으로 체리 블라썸의 모습을 형상화했습니다. 열매는 채린에서 따온 체리와 벚나무(체리 블라썸)의 열매인 버찌를 모두 의미합니다. 또 그 위에 나뭇잎 이미지를 추가하여 자연 친화적인 회사임을 보여주고자 하였습니다.

우리 회사는 여성 소비자만을 겨냥하지 않고 남녀노소 모두를 소비자로 보고 있습니다. 따라서 소비자들이 로고를 보았을 때 과한 공주풍의 디자인 등으로 인한 심리적으로 부담감을 느끼지 않도록 색상을 선택하여 깔끔하게 디자인하고자 하였습니다.

창업 배경

화장품을 사다 보면 불필요한 부분들이 낭비되고 있는 것을 종종 보게 됩니다. 과한 포장이나 과한 패키지를 보다 보니 다른 방법은 없는지 생각해보게 되었습니다.

특히 화장품 중 쿠션의 경우 제품을 다 쓰면 새 제품을 사거나 리필 용기를 따로 구매해서 사용하게 됩니다. 쿠션은 아주 많은 용량이 들어있는 제품이 아니고 얼굴 전체에 펴 바르기 때문에 더 자주 구매할 수밖에 없는 제품입니다. 이때 케이스의 상태는 멀쩡한데 내용물을 다 써서 버리고 새로 사야 하는 경우가 많습니다. 이때 플라스틱 용기, 스펀지, 포장 비닐 등이 낭비됩니다. 리필이 아니라 제품 자체를 새로 사게 된다면 더 큰 환경 오염을 유발합니다. 제품에 더 많은 플라스틱이 들어 가는데다가 거울까지 들어가기 때문입니다. 플라스틱과 거울을 개인적으로 분리하기가 힘들어 그냥 일반 쓰레기로 버리기 때문에 더 그렇습니다.

제 아이디어는 여기서부터 시작되었습니다. 환경을 보호할 수 있는 하나의 방법으로 제 아이디어를 제안합니다.

창업 아이디어

우리 회사는 24시간 운영되는 화장품 매장입니다. 용기를 가지고 매장에 방문해 필요한 화장품을 구매하여 자신의 용기에 담아가는 시스템으로 운영됩니다. 이용에 어려움을 겪는 사람도 있을 수 있고 화장품에 대한 설명이 필요한 고객이 있을 수 있기 때문에 일반 화장품 매장과 동일하게 직원을 고용하되 24시간 운영 매장이므로 밤 시간에는 무인으로 운영됩니다.

우리 회사의 특징은 다음과 같습니다. 첫째, 환경 보호입니다. 사람들은 화장품을 다 사용하고 나면 멀쩡한 공병을 버리고 다시 새 화장품을 사게 됩니다. 이때 공병만 낭비되는 것이 아니라 공병과 공병을 포장하는 박스, 설명서, 필요에 따라서는 비닐봉지까지 추가로 사용됩니다. 따라서 우리 회사에서는 환경을 보호하기 위해서 한 번 구매를 한 제품의 리필을 내용물만 담아갈 수 있도록 하였습니다.

둘째, 저렴합니다. 포장이 불필요해지기 때문에 리필제품에 들어가는 원가가 낮아져 가격 책정이 적절하게 이루어집니다. 따라서 합리적인 가격으로 화장품을 리필하여 사용할 수 있습니다.

셋째, 급한 상황에서도 편리하게 이용할 수 있습니다. 24시간 운영이 되기 때문에 화장품이 급하게 필요한 사람이나 낮에 방문하지 못하는 사람도 가서 직접 구매를 할 수 있습니다.

마지막으로 직원이 있을 때 매장에 들어오면 피부 상태를 체크하고 맞는 화장품을 추천해줍니다. 최근에는 비싼 화장품이 무조건 좋다는 인식이 줄고 있습니다. 화장품은 피부마다 달라서 자기에게 맞는 제품을 찾는 것이 중요하다는 분위기가 형성되고 있습니다. 이때 직원이 피부 상태를 체크하고 적절한 제품을 추천해주는 서비스를 통해 차별화를 하도록 하였습니다. 특히 파운데이션, 쿠션 리필의 경우 직원과 상의하여 색을 조합할 수 있으며 다음 리필을 할 때에도 같은 색을 낼 수 있도록 기록하는 서비스를 제공합니다.

소비자 분석

나의 창업 아이디어 소비자는
화장품을 사용하는 모든 사람 입니다.

환경에 관심을 가지고 실천하는 사람들이 늘고 있습니다. 우리 매장은 자원 낭비가 전혀 없다는 점에서 매력적입니다. 평소 실천이 어렵던 사람들도 쉽게 환경 보호 실천이 가능하기 때문에 의미가 있다고 생각합니다. 또 가격이 낮아 접근성을 낮추었습니다. 화장품은 자기에게 맞는 화장품을 쟁여 놓고 사용하기도 하고 한 제품을 다 쓰고 나면 같은 제품을 계속 사는 사람들이 많습니다. 따라서 같은 제품을 구매하게 된다고 가정했을 때 환경을 보호할 수 있고 가격이 저렴하기 때문에 수요가 있을 것으로 보입니다. 화장품의 경우 소비자가 청결을 이유로 미개봉 상품을 원하는 경우가 많기 때문에 이를 해결할 방법도 있어야 할 것으로 보입니다.

판매 방법 및 홍보 전략

24시간 매장임을 홍보합니다. 인○○그램으로 홍보를 하는 등 화장하는 비율이 높은 10대, 20대, 30대의 젊은 층에게 광고를 해 사람들의 눈길을 끌어야 합니다.

특히 환경을 생각하는 이미지를 구축해야 합니다. 이를 위해 24시간 매장을 운영할 때 전기 에너지를 아끼는 등의 모습을 소비자에게 직접적으로 보여줍니다.

비전

화장이 더 이상 남녀노소를 가리지 않는 시대가 점점 다가오고 있습니다. 사실 여성 화장품 시장의 규모가 줄고 있다고는 하나 남성 화장품 시장 등 다른 시장이 늘어나고 있는 추세이기 때문에 더 저렴한 가격으로 편리하게 사용할 수 있는 우리 회사를 많은 사람이 사용할 수 있을 것으로 보입니다. 화장품 공병으로 인한 환경 파괴가 심각합니다. 우리 매장을 이용하면 저렴한 가격으로 리필해 사용해 돈을 아낄 수 있을 뿐만 아니라 환경을 지키고 있다는 뿌듯함까지 얻을 수 있습니다.

MACH

오규진

편의 제품

일상생활 속에서
우리가 겪을 수 있는 문제점을 발견하고
이를 해결하는
제품을 발명, 생산하는 사업

회사명

마하(Mach)라는 단위가 있습니다. 마하는 기체와 액체 속에서 움직이는 물체의 속력을 나타내는 단위라고 합니다. 단위를 사용하는 예시로 공기 중에 빠르게 움직이는 탄환, 비행기, 미사일 등의 속력으로 사용합니다. 기호는 M이며 1M는 시속 1,200km입니다. 1M를 넘어가는 속도로 비행을 하면 충격파가 생성되는데 이 충격파로 인해 공기의 성질이 급격하게 변화한다는 점에서 마하수는 항공 공학에서 큰 의미를 지닌다고 합니다.

저는 이 마하라는 엄청난 속도의 단위처럼 빠르게 편의를 보장하겠다는 뜻을 담아 회사 이름을 MACH로 정했습니다. 빠름의 이미지를 담되 빠르기만 한 것이 아니라 창의성을 바탕으로 한 다양성, 품질, 그리고 고객까지 고려하는 회사입니다.

로고

마하는 속도의 단위이기 때문에 푸른 계열을 사용하였습니다. 소닉이라는 캐릭터가 있습니다. 달리기 속도가 초음속 단위인 고슴도치 캐릭터입니다. 이 캐릭터의 이미지 컬러는 파랑, 눈의 색은 초록입니다. 어린 시절 보던 만화영화 '슈퍼소닉'에서 영감을 받아서 소닉처럼 푸른색을 사용하여 로고를 그려보았습니다.

'#'에 있는 네 개의 선은 움직임의 궤적을 뜻합니다. 마하의 속도로 여러 방향으로 빠르게 움직이는 모습을 표현했습니다. 그 가운데에 개인적으로 마음에 드는 글꼴을 사용하여 회사명을 적어보았습니다.

창업 배경

탄산음료를 좋아해서 캔 음료를 자주 먹습니다. 페트병만큼의 탄산음료를 먹기에는 양이 많아 캔 음료를 더 선호하는 편입니다. 캔 음료를 자주 들고 다니다 보니 일상생활 속에서 몇 가지 불편함을 경험할 수 있었습니다. 캔 음료를 들고는 버스를 탈 수 없는 것입니다. 버스에서는 음료를 쏟을 수 있기 때문에 한 번 연 음료는 들고 탈 수가 없다고 합니다. 카페에서 주는 음료도 뚜껑이 있어도 위에 열린 부분이 있기 때문에 버스를 타는 것에 제재가 가해집니다. 그래서 저는 평소에 캔 뚜껑을 닫을 수 있으면 좋겠다고 생각했습니다. 그래서 이번 기회에 관련 제품을 만들어 보는 것이 어떨까 생각하게 되었습니다.

일상생활 속의 작지만 큰 불편함을 해결하여 삶의 질을 높이는 것이 목적입니다. 장애인, 노인과 같은 사회적 약자들에게도 편의를 제공하여 모든 사람이 동등하게 일상을 누릴 수 있도록 하고자 합니다.

창업 아이디어

일반적으로 캔 음료를 따면 다시 뚜껑을 닫을 수 없다는 단점이 있습니다. 탄산음료는 특히 뚜껑이 열려있으면 탄산이 다 날아가 마치 설탕물을 먹는 것 같은 느낌을 받습니다. 그렇다고 페트병에 담긴 음료를 사기에는 양이 너무 많게 느껴집니다. 또 탄산음료는 페트병의 탄산보다 캔의 탄산이 더 강하다고 합니다. 탄산음료는 물에 이산화탄소가 용해된 상태인데, 캔의 이산화탄소의 투과성이 낮아 페트병보다 탄산이 더 오래가기 때문이라고 합니다. 따라서 캔 음료에 대한 소비자의 수요는 계속해서 있을 수밖에 없습니다.

이때 캔 뚜껑을 똑딱이처럼 여닫을 수 있게 만들어 앞서 제시된 단점을 해결하고자 합니다. 뚜껑은 알루미늄으로 이루어져 있습니다.

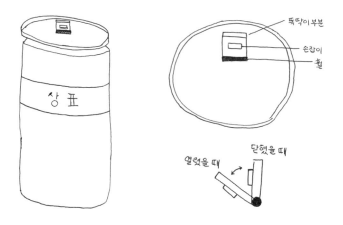

　또 상표 부분의 너비를 줄여 환경을 생각하였습니다. 캔을 딴 후에 똑딱이 부분으로 캔을 밀봉할 수 있습니다. 손잡이는 뚜껑을 쉽게 닫을 수 있도록 음각을 준 부분입니다.

　일반적으로 캔을 한 번 따면 안에 내용물을 다 마시지 않으면 쏟을 위험이 있었는데 이를 해결할 수 있게 됩니다. 또 음료 내부를 먼지와 같은 이물질로부터 보호할 수 있습니다. 특히 탄산이 새어 나가는 것을 막을 수 있다는 장점이 있습니다. 우리 캔은 캔을 딴다는 고정관념에서 벗어나 여닫을 수 있게 만들었다는 점이 눈에 띄는 특징입니다.

소비자 분석

나의 창업 아이디어 소비자는

음료를 많이 마시는 사람 입니다.

　음료를 마시는 사람들은 캔 음료의 불편함을 겪은 적이 있을 것입니다.

그러한 사람들을 위해서, 혹은 캔 음료를 가끔 먹더라도 최대 편의를 누릴 수 있도록 하고 있습니다. 이 사람들을 위해서 우리는 음료 회사와 계약을 맺어 유통할 수 있도록 해야 합니다. 음료 회사는 싸고 편리한 캔을 원합니다. 여기에 맞추되 추가적으로 기술력을 내세워 계약을 할 수 있습니다.

판매 방법 및 홍보 전략

유명 음료수나 커피 회사에 제안하여 기존 캔 대신 새로운 우리 회사의 상품을 사용하게 합니다. 이때 회사끼리 협력하여 쓰레기 줄이기 운동을 통해 우리 회사 상품을 사용하는 회사가 환경 측면으로도 신경을 많이 쓰고 있다는 이미지를 형성합니다. 우리 회사 상품의 경제성과 경제적 가치를 증명하는 길이 될 것입니다.

나이대에 맞는 SNS(인○○그램, 페○○북, 유○브) 등에 광고를 올려 홍보하고 재미있는 단편 드라마나 만화에 PPL 제안을 할 수 있을 것으로 보입니다. 최근 숏드라마 수요가 높아지고 있습니다. 이런 작품에 "요즘 기술 참 좋아, 캔 뚜껑이 닫기네."와 같은 대사를 삽입하여 광고를 진행할 수 있습니다.

비전

우리 회사는 점점 더 큰 회사와 계약하여 그 영향력을 넓힐 것입니다. 우리 제품은 사회에 긍정적인 영향을 줄 수 있는 제품이라고 생각합니다. 재활용이 가능하고, 상표를 작게 만들어 환경을 보호할 수 있습니다.

지하철이나 버스를 탈 때 급하게 길에 버릴 필요가 없고 남은 음료를 버리지 않고 보관했다가 다시 마실 수 있기 때문에 수질오염을 막을 수 있으며 경제적입니다. 따라서 우리 회사의 미래를 긍정적으로 그릴 수 있습니다.

지콩

장은지

완구류

지우개와 샤프를 합친
편리한 필기구

회사명

필기구를 사용하다 보면 불편함이 있습니다. 기존 필기구와 다르게 모양은 조금 작게 편리함은 더 크게 만들자는 의미로 제 이름 끝 자인 '지'와 '쥐똥만 하다'라는 말에서 가져온 '콩'을 합쳐 '지콩'으로 정했습니다. 필기구를 사용할 때 작은 불편함을 찾아 참신한 아이디를 내서 편리한 필기구를 만들고 싶습니다.

로고

지콩이라는 이름을 귀여운 글꼴을 활용하여 표현했습니다. 또 작은 새의 이미지로 참새같이 작은 새를 떠올릴 수 있도록 해 아기자기한 이미지 주고자 하였습니다.

창업 배경

학용품을 사용하다 보면 불편한 점이 많습니다. 샤프의 경우만 보아도 그렇습니다. 샤프심이 나오는 입구가 잘 휘어진다거나, 지우개가 쉽게 없어지는 일이 비일비재합니다. 그렇기 때문에 이런 불편함을 최소화하고 학용품을 사용하고 싶어서 창업을 하게 되었습니다.

창업 아이디어

샤프와 지우개를 따로 쓰다 보면 겪는 불편함이 있습니다. 바로 샤프와 지우개를 둘 다 챙기기가 쉽지 않아 지우개를 곧잘 잃어버린다는 점입니다. 그렇다고 샤프 뒤에 달린 지우개를 쓰기에는 지우개가 너무 작고 잘 부러져 쓰기가 어렵습니다. 이러한 불편함을 줄이기 위해 샤프와 지우개를 합쳐 더 편리하게 사용할 수 있도록 만들었습니다.

샤프와 지우개를 합친다고 모양이 달라지는 것이 아닙니다. 샤프의 형태를 그대로 유지하되 그 안에 지우개를 넣었습니다. 샤프의 심이 나오는 부분에서 원통 형태의 얇은 지우개를 꺼내어 쓸 수 있습니다. 지우개를 넣는다고 샤프가 굵기가 굵어지면 글을 쓰는데 어려움이 있을 수 있기 때문에 이를 주의하여 제작합니다. 긴 형태의 지우개를 샤프처럼 심을 꺼내어 사용하는 기술은 이미 샤프식 지우개라는 이름으로 시장에 나와 있는데, 이를 샤프에 실제로 결합하는 것입니다. 이때 삼색 볼펜처럼 지우개와 샤프가 돌아가면서 나오는 것이 아니라 샤프식 지우개의 중간을 뚫어 그 사이로 샤프심이 나오도록 합니다. 필요시 지우개를 꺼내어 쓸 수 있고 샤프로 글을 쓸 때는 다시 넣을 수 있습니다.

이렇게 지우개 샤프를 만들면 결과적으로 지우개를 따로 들고 다니지 않아도 되고 일반 샤프와 같은 크기의 필기구만 들고 다니면 되기 때문에 부피를 작게 차지하게 됩니다. 챙길 거리가 줄어들면 더 편리하게 생활할 수 있을 것입니다.

소비자 분석

나의 창업 아이디어 소비자는
필기구를 사용하는 모든 사람 입니다.

필기구의 경우 크게 손이 편한 제품을 구매하는 사람과 디자인에 따라서 구매하는 사람으로 나눌 수 있습니다. 손이 편한 제품을 구매하는 소비자를 위해서는 생체역학적으로 접근하여 볼펜을 오래 잡아도 손가락이 아프지 않도록 볼펜을 제작해야 할 것입니다. 샤프의 굵기, 무게, 손으로 쥐는 부분의 재질 등을 고려할 수 있을 것으로 보입니다.

필기구 구매에 디자인이 중요한 소비자를 위해는 다양한 디자인이 필요합니다. 필기구 시장에서도 이미 같은 제품을 색상이나 디자인을 다르게 만들어 제작하고 있습니다. 소비자는 이미 있는 제품도 마음에 들거나 특이한 색상의 필기구가 나오면 구매합니다. 우리 회사도 이에 발맞추어야 할 것입니다.

판매 방법 및 홍보 전략

해당 연령대가 자주 사용하는 애플리케이션을 조사하여 광고를 넣습니다. 학생인 10대부터 직장인인 30대가 자주 이용하는 인○○그램, 페○○북, 카카오○, 유○브 등을 이용하여 10대, 20대, 30대의 눈에 띄게 해야 합니다. 특히 최근 흔히 '다꾸 채널'라고 불리는 다이어리를 꾸미는 유○브 채널에 우리 제품을 소개할 수 있도록 협찬을 넣을 수 있습니다. 홍보와 함께 학생들이 자주 가는 문구점, 서점 등에 제품을 비치합니다. 온라인 샵을 만들어 SNS 홍보를 보고 오프라인에서 바로 구매를 할 수 없는 사람도 구매를 할 수 있도록 합니다.

비전

이미 많은 제품이 나와 있는 필기구 시장에서 성공하는 것은 어려운 일일지도 모릅니다. 시장 트렌드를 선도할 수 있도록 기존 제품들에 안주하지 않고 창의적인 제품을 많이 만들어 편리함을 추구할 것입니다. 샤프와 지우개를 합친 제품 이후에도 칼과 자를 합치는 방법을 생각하는 등 계속해서 제품 개발을 할 계획입니다. 이를 통해 우리 회사의 이름을 알리고 장기적으로 필기구 시장에서 큰 역할을 하고 싶습니다.

csa

주현경

생활용품

접이식 휴대 의자

회사명

csa는 children(어린 아이), simple(간단한), adult(어른)의 앞글자들을 따서 만들어진 이름입니다. '아이부터 어른까지 간편하게'라는 뜻을 담았습니다. 특정 연령만을 위한 것이 아니라 모든 사람을 고려하는 마음을 담았습니다.

로고

'아이부터 어른까지 간편하게'라는 뜻을 담은 csa라는 이름을 세로로 가운데에 넣었습니다. 마름모를 그려 로고에 안정감을 주고자 하였습니다. 로고 오른쪽 하단에 꽃을 그려 아름답게 그려냈습니다.

창업 배경

길을 걷다 보면 길바닥에 앉아서 물건을 파는 어른들을 봅니다. 야외용 간이 플라스틱 의자를 가지고 다니는 사람도 있고 작업 방석이라는 이름의 원통 모양의 의자를 가지고 다니는 사람도 있습니다. 그런데 주로 편의점에 볼 수 있는 야외용 간이 플라스틱 의자를 들고 다니는 것은 쉽지 않습니다. 트럭이 없는 사람은 들고 다닐 수 없습니다. 작업 방석은 간이 플라스틱 의자보다는 작고 가볍지만, 접이식이 아니기 때문에 공간 차지가 큽니다. 길에서 채소나 과일을 팔기 위해서 나온 사람들은 이미 짐이 많습니다.

여기서 생각을 시작하여 채소를 파는 어른들뿐만 아니라 아이들이나 학생, 젊은 사람들도 앉을 수 있는 간편한 의자를 만들고 싶다고 생각했습니다. 식당에서 웨이팅을 하거나 버스를 기다리거나 할 때 다리가 아파 앉아서 기다리고 싶어도 사람이 많아서 그러지 못하는 일이 있습니다. 이때 사용할 수 있는 의자를 만들어 보았습니다.

창업 아이디어

접이식 의자. 최대한 가볍도록 플라스틱으로 제작합니다. 접이식 미술 물통처럼 펼치는 방식입니다. 의자를 펼치면 옆에 네 개의 거치대가 나와 의자를 단단하게 잡아줍니다.

플라스틱 의자에 장시간 앉게 되면 엉덩이가 아플 수 있기 때문에 얇은 방석을 붙일 수 있습니다. 방석은 디자인과 색을 다양하게 제작하여 취향에 맞게 구매할 수 있습니다.

고리가 있어 가방에 걸고 다닐 수 있습니다. 책가방에 인형을 달고 다니는 것처럼 방석 디자인으로 의자를 꾸며 가방에 패션 아이템처럼 걸어 들고 다닐 수 있습니다. 편리함과 패션 모두를 잡을 수 있어 좋습니다.

또 용도에 따라 디테일을 추가할 수 있습니다. 밭일을 할 때 사용할 수 있도록 의자에 고무줄을 달아 그 고무줄에 다리를 끼워두고 앉았다 섰다를 바로바로 할 수 있습니다.

버스나 지하철을 기다릴 때 다리가 아픈 적이 많았을 텐데 이 의자를 통해 다리가 아프지 않게 앉아서 기다릴 수 있습니다. 여행지나 놀이동산에서도 사용할 수 있습니다. 미술 물통처럼 접이식이라 부피도 크지 않고 그 의자를 펼쳤을 때 넘어지지 않게 안전 거치대가 있어 넘어져 다칠 걱정하지 않아도 됩니다. 각자의 취향에 따라 여러 개의 디자인의 방석을 만들어 소비자를 만족시킬 수 있을 것입니다.

소비자 분석

나의 창업 아이디어 소비자는
농사 짓는 분, 물건을 판매하는 분, 학생 등
서있는 시간이 긴 사람들 입니다.

캠핑 의자 같은 경우 값이 비싸고 휴대가 불편합니다. 조립식인 경우가 많아 펼치는 데 약간의 시간이 걸립니다. 5,000원 대의 접이식 플라스틱 의자가 시중에 나와 있지만 이 제품은 무겁고 손에 들고 다니거나 에코백 정도의 가방에 넣어서 들고 다녀야 합니다.

우리 제품은 그런 면에서 유리합니다. 싸고, 휴대가 편하며 가볍습니다. 이 의자는 모든 연령대가 살 수 있습니다. 이때 소비자들은 편리함과 디자인을 모두 고려하게 됩니다. 디자인의 경우 가방에 걸어 달고 다닐 수 있도록 제품을 구상했기 때문에 더욱 중요합니다. 열쇠고리 인형처럼 귀여운 디자인으로 승부를 보아야 합니다.

판매 방법 및 홍보 전략

최대한 낮은 가격을 책정하여 판매합니다. 이미 5,000원 대의 제품이 나와 있기 때문에 경쟁력을 가지기 위해서는 박리다매를 고려해야 합니다.

청소년이나 회사원에게는 SNS로 홍보를 합니다. 이때 여러 가지 디자인으로 사람들의 관심을 끌도록 합니다. 하나의 패션 아이템이 될 수 있도록 매력적인 디자인이 필요합니다.

휴대폰이나 인터넷 검색이 어려운 세대에게는 지면 광고를 활용하여 광고합니다. 또 마트나 슈퍼와 계약하여 우리 제품을 발주하여 비슷한 제품들과 함께 매대에 놓고 비교할 수 있도록 전략을 짭니다.

비전

아직 일상생활 속에서 휴대용 의자를 가지고 다니면서 들고 다니는 문화가 정착되지 않았기 때문에 거부감이 있을 수 있지만 미래를 긍정적으로 바라볼 수 있습니다. 현재 길거리에서 물건을 파는 사람들이나 간단하게 캠핑을 하는 사람들, 연예인을 기다리는 사람들, 등산을 하는 사람들에게는 이미 있는 문화입니다. 최근 웨이팅을 하며 식당이나 카페에 가는 일이 많기 때문에 관련 아이디어 서비스나 상품이 많이 나오고 있습니다. 우리 제품도 거기에 발을 맞추어 나가는 제품이라고 생각합니다. 다리가 아프지 않게 앉아서 기다리는 사람들에게 우리 제품은 아주 좋은 제품입니다. 많은 사람들이 일상생활 속에서 힘들지 않게 우리 제품을 사용할 수 있으면 하는 바람입니다.

악보 넘겨주는 사람들

김주훈

연주 용품

공연할 때나
악보 넘기기 어려운 악기를 연주할 때
모션을 인식하여
작은 모션으로 악보를 넘겨주는 보면대

회사명

우리 회사의 제품을 가장 잘 드러내는 이름이라고 생각합니다. 우리 회사는 보면대를 만드는 회사로 연주자가 연주에 온전히 집중할 수 있는 보면대를 만들고자 합니다. 이를 위해 우리 회사가 악보를 넘겨주는 역할을 대신 할 수 있습니다. 그 역할을 하기 위해서 이 회사를 만들었으며 회사 이름을 '악보 넘겨주는 사람들'로 정하게 되었습니다.

로고

악보에는 수많은 음표가 있습니다. 음악 연주를 하기 위해서 하나의 음표에서 다음 음표로 넘어가는 것처럼 한 페이지의 연주가 끝나면 다음 악보로 넘겨준다는 의미를 담았습니다. 음악이 계속해서 이어진다는 의미를 담았습니다.

창업 배경

저는 지금까지 악기 전공을 해 왔습니다. 악기를 전공하면서 다른 건 불편한 게 없었습니다. 하지만 연주 중에 악보를 넘기는 것이 음악 인생 13년 중에 너무 불편했습니다. 악보를 넘기려고 할 때마다 악보를 떨어뜨리거나 연주할 때 템포와 박자를 놓치는 일이 많아 너무 많이 스트레스를 받았습니다. 그래서 이 문제를 해결하고 싶어졌습니다. 사람이 손을 쓰지 않고도 무언가가 악보를 넘겨주면 좋지 않을까 생각하게 되었습니다.

창업 아이디어

보면대에 캠 모션 기능을 넣어 편리하게 악보를 넘길 수 있도록 하였습니다. 카메라에 연주자의 행동을 기록하고 그 행동을 하면 악보가 넘어가도록 합니다. 고개를 넘기거나 빠르게 두 번 까딱거리는 행동 등을 설정할 수 있습니다. 집게 하나에 스무 장을 넣어서 사용할 수 있으며 필요에 따라 집게를 여러 개 구매하여 사용할 수 있습니다.

악보를 빠른 속도로 넘겨야 하기 때문에 어려움이 있습니다. 우리 제품을 사용하면 그 과정이 단축되기 때문에 음악의 흐름을 놓치거나 악보를 떨어뜨리는 것을 방지할 수 있습니다. 사용법이 쉬워 누구나 사용할 수 있습니다. 모션이 인식되지 않을 만약의 상황을 대비하여 밑에 비상 발판을 사용하여 악보를 넘길 수도 있도록 하였습니다. 집게 부분에는 종이가 빠져 날아가거나 자국이 남지 않도록 고무 재질로 만들었습니다. 보면대의 상단부는 가볍게, 하단부는 무겁게 만들어 집게가 움직여 악보가 빠른 속도로 넘어가더라도 넘어지지 않도록 제작하였습니다. 어린아이도 들

수 있는 무게이며 내구성을 높여 쉽게 고장 나거나 부서지지 않도록 만들었습니다.

우리 보면대를 사용한다면 편하고 악보를 넘기다가 사건이 발생하기도 않고 연주가 끊어지지 않아 스트레스를 받지도 않을 수 있습니다. 따라서 많은 음악인들이 이 보면대를 사용할 수 있지 않을까 생각합니다.

소비자 분석

나의 창업 아이디어 소비자는

연주자 입니다.

보면대는 모든 연주자에게 필요한 물건입니다. 플루트, 기타, 바이올린, 태평소 모두 보면대가 필요하고 그 과정에서 악보를 바쁘게 넘겨야 하는 일이 많습니다. 피아노를 치는 사람도 전자 피아노를 칠 때는 악보를 둘 곳이 마땅치 않아 보면대가 필요합니다. 우리 보면대는 이러한 사람들에게 적합합니다. 악보를 넘겨준다는 특별함이 소비자에게 매력적으로 다가갈 것이라고 생각합니다.

판매 방법 및 홍보 전략

빅데이터를 활용하여 음악과 관련된 일을 하거나 연주를 하는 사람들에게 광고를 띄우도록 합니다. 이때 광고는 시선을 끌 수 있되 간편하고 캐주얼한 이미지를 줄 수 있도록 합니다. 음악 관련 유튜버들에게 협찬하는 등의 방법으로 추가로 홍보합니다. 각종 인터넷 쇼핑몰(쿠○, 지○켓 등), 대형마트, 악기사 등과 계약하여 제품을 납품합니다.

비전

보면대는 일반적으로 가볍고 편하고 튼튼해야 합니다. 우리 보면대의 경우 이를 모두 만족하지만 캠 모션 기능이 들어가기 때문에 다른 평범한 보면대와 비교하면 내구성이 떨어지고 섬세한 관리가 필요합니다. 따라서 튼튼하게 오래 사용할 수 있도록 지속적으로 제품을 개발하고 AS 센터를 전문으로 운영하는 등 소비자를 만족시킬 서비스를 준비할 계획입니다. 우리 회사 제품이 음악을 시작할 때 필수적으로 구매해야 하는 제품이 되도록 노력할 것입니다.

배지배터리

김근형

전자기기

카드 지갑과
보조배터리를 합친 제품

회사명

배지현이라는 친구의 이름에서 '배지'를 따왔습니다. 보조 배터리 회사로 '배지'와 '배터리'에서 '배'가 동일하게 들어가 재미있다고 생각했습니다.

로고

로고는 회사명인 '배지배터리'를 그대로 기입하였습니다. 동글동글한 글꼴을 사용하여 부드러운 느낌을 주고자 하였습니다. 또 푸른색을 사용하여 충전이 완료된 듯한 이미지를 주었습니다. 전자기기를 충전할 때 붉은빛이나 노란빛은 충전이 부족한 상태이고 푸른 빛이 완충이라는 뜻이기 때문에 사람들이 우리 로고를 접했을 때 긍정적인 느낌을 받기를 바랐습니다.

창업 배경

　기본적으로 가방을 들고 다니는 여자들과 달리 저를 포함한 남자들 중 대다수는 가방을 들고 다니지 않습니다. 바지 주머니에 지갑, 휴대폰, 에어팟 등등을 넣고 다닙니다. 그런데 휴대폰을 쓰다 보면 배터리가 부족한 경우가 많습니다. 아침에 외출하면 저녁쯤 휴대폰 배터리가 다 떨어져서 집에 연락하지 못하는 일이 많습니다. 휴대폰이 꺼져서 콜택시를 부르지 못하는 일도 있습니다. 이럴 때 한 번쯤 보조배터리를 같이 들고 다니고 싶다고 생각합니다. 그러나 이미 지갑, 휴대폰, 에어팟 등으로 가득 찬 주머니에는 더 이상 공간이 없어서 보조 배터리를 들고 다니기가 어렵습니다. 그래서 어떤 방법이 없을지 고민하다 창업 아이디어를 떠올리게 되었습니다.

　아이디어의 시작은 남자들이 가방을 가지고 다니지 않는다는 점에서 시작했지만 실제로는 여자들도 가능하다면 가방 없이 다니고 싶다고 생각할지도 모른다고 생각했습니다. 따라서 남자와 여자 상관없이 짐을 최소화하여 가방 없이도 밖을 다니고 싶은 사람들에게 도움을 주고 싶었습니다.

창업 아이디어

　지갑과 보조배터리를 합쳐 하나로 두 가지 기능을 할 수 있는 제품입니다. 손바닥 크기의 아주 얇은 보조배터리를 만들고 그 배터리에 가죽이나 부드러운 재질의 천을 덧대어 줍니다. 그 부분에 카드 지갑처럼 카드와 현금을 넣을 수 있는 부분을 만듭니다. 가격은 2~4만 원 대로 일반 보조배터리와 비슷해야 경쟁력이 있을 것으로 보입니다.

실제로 가방을 가지고 다니지 않는 사람들을 인터뷰하여 실용성을 높여 개발한 제품이기 때문에 그 이후에도 회사 홈페이지를 통해 고객들의 소리를 들으려고 합니다. 여러 의견을 듣고 이를 반영한 회의를 거쳐 디자인을 수정해 새로운 제품을 만드는 방식으로 운영합니다.

지갑과 일상생활에서 많이 쓰이는 보조배터리를 합쳐 실용성을 챙긴 제품이며 낮은 가격으로 기능은 매우 뛰어나게 만들어야 합니다. 배터리 무게는 가벼우면서 충전이 빨라야 합니다. 고속 충전이 가능하도록 제작합니다. 또 현재 핸드폰과 카드 지갑을 합친 제품이 시중에 나와 있는데 여기에는 카드가 한 장에서 최대 두 장까지 들어가고 있습니다. 우리 제품의 경우 보조배터리 양면을 모두 지갑으로 활용할 수 있기 때문에 카드를 여러 장 넣을 수 있게 제작합니다.

경쟁사들은 일단 보조배터리 회사와 카드지갑 회사가 될 것입니다. 보조배터리 회사와의 경쟁으로는 배터리의 좋은 기능이 있을 수 있습니다. 여기에 우리 제품은 카드 수납 기능이 있기 때문에 이점을 차지할 수 있을 것으로 보입니다. 또 카드지갑 회사와의 경쟁의 경우 우리 제품은 배터리 충전이 가능하기 때문에 또다시 이점을 차지할 수 있습니다. 이러한 상황에서 우리 회사는 제품의 질을 1순위로 둬야 합니다. 특히 배터리 기능의 경우 비싼 가격임에도 안 좋은 제품을 만들어서 금방 고장 나거나 보조배터리의 수명이 짧은 경우가 많습니다. 우리 회사 제품은 이러한 문제점을 보완해 성능을 좋게 만들고 낮은 연령층들도 부담 없이 구매할 수 있도록 낮은 가격의 제품을 만들 것입니다.

소비자 분석

나의 창업 아이디어 소비자는
배터리가 많이 필요하면서
가방을 들고 다니지 않는 사람 입니다.

가방을 들고 다니고 싶지 않은 사람들뿐만 아니라 짐을 최소화하고 싶은 사람들에게도 매력적일 것으로 생각합니다. 최근 지갑을 대신하여 카드지갑만 들고 다니는 사람들이 많아지는 것처럼 짐을 최소화하는 사람들이 많아지고 있습니다. 특히 스마트폰으로 지불이 가능해지면서 지갑 자체를 가지고 다니지 않는 사람들도 늘고 있습니다. 스마트폰으로 지불을 한다는 것은 스마트폰 하루 사용량이 늘고 있다는 뜻입니다. 따라서 여분의 배터리는 필요합니다. 지갑은 필요 없지만, 신분증이나 현금은 조금씩 들고 다니고 싶을 때 우리 제품을 사용할 수 있을 것입니다. 우리 제품은 최근 사람들이 필요로 하는 보조배터리와 작은 지갑의 형태를 모두 갖춘 물건이기 때문에 사람들이 구매할 것으로 예상합니다.

또 깔끔한 디자인이 필요할 것으로 보입니다. 특히 지갑이라는 점을 잊어서는 안 됩니다. 고급스러운 느낌을 줄 수 있는 디자인으로 지갑 보조배터리를 만들어서 소비자들의 구매욕을 높여야 합니다.

판매 방법 및 홍보 전략

다○소, 이○트, 홈플○스, 쿠○ 등 오프라인 매장과 온라인 쇼핑몰에서 판매합니다. 인○○그램이나 페○○북 같은 SNS를 이용해서 홍보합니다. 특히 '카카오○ 선물하기'에서 판매한다면 젊은 사람들에게 홍보가 될 수 있을 것으로 보입니다. 가격이 높지 않고 실용성이 높기 때문에 주는 사람도 받는 사람도 만족도가 높은 제품이 될 것이라고 생각합니다.

비전

우리 회사는 배터리가 주력이기 때문에 디자인 면에서는 유명한 다른 기업과 협업을 하는 방향으로 회사를 더욱 키울 수 있을 것으로 보입니다. 기본 디자인을 유지하되 한정으로 다른 디자인 회사와 협업을 해서 소장 욕구를 만드는 등 여러 전략을 사용하여 우리 회사의 제품을 고급화할 것입니다.

SSC

이대현

지문 인식 전자기기

보안 기능을 높인
디지털 도어락

회사명

Security system creator의 약자입니다. Security system
은 보안시스템, Creator는 창조자입니다. 보안시스템을 만드
는 사람들이라는 뜻으로 보안시스템이 부실하거나 아예 없는
장소에 필요한 보안장치를 만드는 곳입니다.

로고

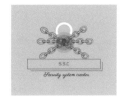

로고를 살펴보면 아주 강인한 느낌을 주는 사슬이 자물쇠 위
에 걸쳐져 있습니다. 이는 보안이 더 강화되었다는 것을 표현
합니다. 그 아래에 회사 이름을 적고 회사의 뜻을 추가로 적어
서 로고를 처음 보는 사람들도 우리 회사의 이름이나 회사 이
름의 의미를 알 수 있도록 하였습니다.

창업 배경

디지털 도어락에 밀가루를 뿌려 비밀번호를 알아내 집에 침입하려고 하는 일들이 옛일이 아닙니다. 그 사례가 아직도 있습니다. 최근에도 잠금장치를 해제하고 무단침입하려고 한 사건 관련 기사가 났습니다. 아직까지 보안이 부실하거나 없는 장소가 많습니다. 위험에 노출된 사람이 많다는 뜻입니다. 누구나 피해자가 될 수 있습니다. 이러한 일을 방지하고 도난이나 무단출입을 막기 위해서 회사를 만들게 되었습니다.

창업 아이디어

우리 회사의 제품은 평소 사용하는 손잡이 뒤에 지문인식 장치와 소형 센서를 달아 지문이 등록된 사람만 문을 열 수 있습니다. 지문이 등록되어 있지 않은 사람이 문을 열려고 하면 문은 더욱 굳게 잠기게 됩니다. 또 그 정보가 녹화 영상과 함께 고객에게 전달됩니다. 고객이 정보를 받아보고 수상한 사람임이 확인되었을 때는 곧바로 신고가 가능합니다. 아는 사람이나 내부로 들어가도 되는 사람일 경우에는 원격으로 디지털 도어락 해제가 가능한 시스템입니다.

우리 제품은 맞춤화된 녹슬지 않는 스테인리스 또는 강철판으로 만들어집니다. 지문 인식 센서, 생분해성 플라스틱 등이 사용되며 사이즈는 세로 30mm, 가로 100mm로 이루어진 손잡이입니다. 가정, 학교, 사무실 등 다양한 장소에서 사용할 수 있으며 이 제품을 통해서 보안이 더욱 강화되어 도난 범죄가 줄어들 것으로 예상합니다.

우리 제품은 잡기 편안한 모양이되 자연스럽게 지문을 인식할 수 있도록 만들어졌습니다. 내구성이 좋고 해킹 보안장치가 심어두어 해킹 걱정을 줄였습니다. 또 우리 제품에 소형 카메라가 설치되어있어 외부인이 침입하려는 시도가 있으면 녹화를 시작합니다. 주위에 CCTV를 연결하여 추가로 보안 기능을 높일 수 있습니다.

소비자 분석

나의 창업 아이디어 소비자는
안전한 삶을 살기 위해
높은 디지털 도어락 보안이 필요한 사람 입니다.

우리 제품은 다른 보안장치보다 사용이 간단하고 강화된 장치라서 다른 디지털 도어락 회사보다 경쟁력이 높을 것 같습니다. 다만 가격 조정을 통해 일반 디지털 도어락을 사용하던 사람들이 쉽게 우리 제품으로 바꿀 수 있도록 유도하는 것이 중요해 보입니다. 가격이 너무 높으면 소비자는 '지금까지 도둑이 든 적도 없는데 괜찮겠지.'라는 생각을 할 수 있습니다. 따라서 적은 가격으로 더욱 안전해질 수 있다고 느끼게 할 수 있어야 합니다. 또 새로 생기는 건물에 우리 제품이 들어갈 수 있도록 의뢰인이나 건축가들과 계약을 맺어야 할 것입니다.

판매 방법 및 홍보 전략

우리 제품은 우선 인테리어 회사나 도어락 회사와 계약을 맺어 홍보를 할 수 있도록 해야 합니다. 인테리어 공사를 하거나 이사를 하면서 새로

문을 다는 사람들에게 가장 빠르게 홍보할 수 있는 곳은 인테리어 회사나 디지털 도어락 회사일 것입니다. 이때 소비자가 우리 제품을 추천받아 살 수 있도록 적절한 홍보를 합니다.

또 우리 제품의 존재를 사람들에게 알리기 위해서 집 현관이나 사무실 문이 자주 등장하는 드라마 등에 협찬을 넣을 수 있을 것으로 보입니다. 안전한 이미지와 편리함을 강조하여 홍보를 할 수 있도록 합니다. 또 유○브 채널을 만들어서 사용법을 안내하여 우리 제품을 보고 궁금해서 검색해본 사람들이 한눈에 제품의 장점을 알 수 있도록 합니다.

최근 디지털 도어락은 인터넷 쇼핑몰에서도 구매가 가능합니다. 따라서 우리 제품도 택배로 받을 수 있도록 온라인 쇼핑몰을 이용하여 판매합니다. 이때 설치까지 가능한 서비스를 포함하여 한 번에 해결할 수 있도록 합니다.

비전

사용자가 많아지면 결과적으로 도난 방지가 되고 범죄율이 낮아질 것으로 기대합니다. 침입자로 판단이 될 경우 보안이 좀 더 강화되기 때문에 외부인의 접근을 차단할 수 있습니다. 현재 디지털 도어락이 보편화되지 않은 나라들도 많습니다. 옆나라 일본의 경우 아직도 열쇠를 쓰는 집이 많다고 합니다. 미국처럼 디지털 도어락 사용 추세가 점점 증가하고 있는 국가들도 많습니다. 디지털 도어락보다 열쇠를 선호하는 데에는 보안상의 이유나 비밀번호를 잊을 우려가 크다고 합니다. 디지털 도어락에 대한 믿음이 부족해서 열쇠를 사용한다는 것입니다. 우리 제품은 안전하고 비밀번호가 아닌 지문으로 인식하므로 그럴 우려가 없습니다. 우리 제품의 안전성을 증명하여 시장 규모를 키워 세계로 나아가고 싶습니다.

Lua=Python

장민규

애플리케이션

게임을 쉽게 할 수 있도록 돕는
애플리케이션

회사명

회사의 이름으로 쓰인 lua와 python은 포르투갈 언어입니다. 먼저 루아(lua)는 '달'입니다. 파이썬(python)은 그리스 로마 신화에 나오는 거대한 비단뱀으로 알려져 있습니다. 그런데 루아와 파이썬은 모두 컴퓨터 프로그래밍 언어 중 하나입니다. 루아는 달처럼 가볍게 운용이 되고 파이썬은 문법이 간결하고 표현 구조가 인간의 사고와 유사하여 초보자에게 좋은 프로그래밍 언어라고 합니다. 평소 컴퓨터 언어에 관심을 가지고 혼자서 공부를 하고 있었기 때문에 이런 이름을 떠올릴 수 있었습니다. 초심자에게 가볍게 접근할 수 있는 빠르고 정확한 애플리케이션을 만들어 최고의 서비스를 제공하겠다는 목표를 가지고 회사 이름을 선정하게 되었습니다.

로고	로고에는 lua와 python이라는 문자 뒤로 달과 해를 그려 넣었

로고에는 lua와 python이라는 문자 뒤로 달과 해를 그려 넣었습니다. 달은 루아를 표현한 것입니다. 그 옆에 달과 대비되는 해를 넣은 이유는 밤낮 상관없이 언제든지 사용이 가능한 애플리케이션이기 때문입니다.

게임 실행에 도움을 주는 애플리케이션이기 때문에 애플리케이션 로고는 푸른색과 흰색을 사용하여 안정감을 줄 수 있도록 디자인했습니다.

창업 배경

게임을 처음 시작하는 사람들 중에서 게임 플레이 방법을 들어도 이해가 되지 않아 게임을 즐기지 못하는 사람들이 있습니다. 게임을 처음 시작하면 게임 내에 게임 방법에 대한 충분한 설명이 있을 것 같지만 그렇지 않은 게임이 더 많기 때문입니다. 그런 사람들은 친구들과 게임을 하고 싶어도 게임을 잘못해서 게임이 재미가 없다고 말을 합니다. 게임 플레이에 어려움을 겪는 사람들도 게임을 쉽게 즐길 수 있도록 이 애플리케이션을 만들었습니다.

창업 아이디어

휴대폰 게임을 실행하기 전에 우리 회사의 애플리케이션을 켭니다. 게임을 실행하면 우리 회사 애플리케이션의 팝업창이 뜹니다. 게임 실행 중 새로운 스테이지에 진입하면 어려움을 느끼는 구간에 팝업창을 클릭해 공략법을 글이나 영상으로 확인할 수 있는 서비스입니다.

게임 중 화면의 모습을 나타내어 설명해보겠습니다. 아래 이미지에서 오른쪽 상단에 위치한 푸른색 팝업창이 우리 애플리케이션 실행 모습입니다.

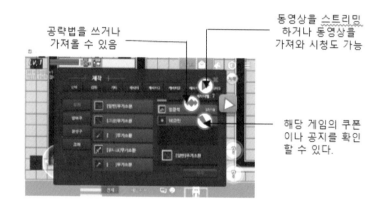

자동전투라는 기능을 넣어 필요시 사용할 수 있도록 합니다.

공략법을 클릭하면 ai가 공략법을 토대로 재
해석하여 자동전투를 실행시키거나 게임화면
위로 팝업이 뜬다.

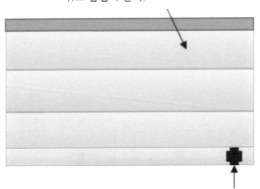

공략법을 작성할 수 있다.

애플리케이션에서 공략법을 클릭하면 게임 유저들이 작성한 공략법을 읽을 수 있습니다. 게임 유저들이 게임 공략법을 작성하는 경우 1회 작성당 100포인트를 사용하도록 합니다. 이는 가짜 공략법을 방지하기 위해서입니다. 포인트의 경우 애플리케이션을 접속하면 매일 200포인트를 지급 받습니다.

영상을 볼 수 있다.

또 애플리케이션을 실행해서 공략법이 담긴 영상을 시청할 수 있습니다. 영상의 경우 시청이 게임에 방해가 된다면 소리만 재생하도록 설정할 수 있습니다. 유〇브 공략법 영상 등을 스트리밍하며 게임을 실행할 수 있습니다.

자동전투시 적힌 글을 해석함에 따라 게임의 스토리,미니게임 등도 자동으로 클리어가 가능하다. 단 pve, pvp등은 사용 불가

자동전투의 경우 변수가 많은 게임, 예를 들어 다른 유저들과의 협동심이 필요한 게임은 자동 시스템을 실행할 수 없습니다.

이 플랫폼을 개발하기 위해서는 최소 1,500만원 이상 4,000만원 이하의 예산이 필요하며 플레이 스토어, 애플 앱 스토어 등에 등록을 할 수 있습니다. 등록에 드는 비용은 3만원 정도로 추정됩니다. 자료조사를 통해 초기 웹 호스팅 비용은 4~10만원, 도메인 가격은 년 단위로 2~3만원, 국내 동영상 호스팅 업체 비용은 50~100만원, 홈페이지 보안을 위한 SSL(보안 웹서버)는 2년에 15만원으로 잡았으며 그 외 추가 비용이 발생할 수 있을 것으로 보입니다.

우리 회사의 애플리케이션은 휴대폰 게임 중에 게임을 중지하고 귀찮게 공략법을 인터넷으로 따로 찾을 필요가 없다는 장점이 있습니다. 또

한 게임의 공략법을 최소 개수와 최대 개수를 제한하여 유명한 게임의 공략법만 많아지는 사태를 줄였습니다. 게임의 공략법의 글이나 영상을 올릴 때마다 포인트를 지급해 인기가 없는 게임의 공략법도 작성하도록 유도합니다. 따라서 찾아도 나오지 않는 게임의 공략법을 손쉽게 구할 수 있습니다.

소비자 분석

나의 창업 아이디어 소비자는
게임 플레이어 입니다.

게임 초심자뿐만 아니라 게임 중 공략 영상이 필요한 사람에게도 유용하기 때문에 모든 게임 플레이어가 우리 애플리케이션을 사용할 수 있을 것으로 보입니다. 따라서 게임 플레이 초심자에게 필요한 정보들을 제공함과 동시에 이미 게임 사용이 익숙한 사람들에게도 필요한 정보를 줄 수 있도록 자료를 수집하고 구성해야 합니다.

판매 방법 및 홍보 전략

게임 애플리케이션을 휴대폰에 설치한 전적이 있는 사용자에게 광고 등을 넣을 수 있도록 알고리즘을 만들어 이 애플리케이션을 알리고 플레이○○어, 원○○어, 쿠○ 등 여러 스토어에 제공하여 접근이 쉽도록 합니다.

또 타 게임이나 애플리케이션 회사와의 협업 이벤트 등으로 우리 애플리케이션을 광고할 것입니다. 게임을 처음하는 사람들에게 게임 방법을 쉽게 알려주는 기능이 있음을 보여주고 이 애플리케이션을 사용하면 경험치를 더 주는 등의 이벤트를 할 수 있을 것으로 보입니다.

비전

접근 난이도가 있는 게임들이 많습니다. 특히 새로운 장르의 게임을 시작할 때 어려움을 겪는 플레이어가 많아 고정 플레이어가 되지 못하는 아쉬움이 있습니다. 우리 회사는 그러한 사람의 적응을 돕는 여러 애플리케이션을 만들고 이를 기반으로 컴퓨터 게임에서도 게임과 함께 실행할 수 있는 프로그램을 만들도록 할 것입니다.

애플리케이션의 경우 현금 결제, 후원 기능 등을 금지하고 광고 비용으로만 애플리케이션을 운영할 계획입니다. 오직 '플레이어를 돕는다'라는 생각으로 회사를 운영할 것입니다. 게임 산업의 방향성에 대해서 항상 고민하고 긍정적인 영향을 주는 회사를 만들고 싶습니다.

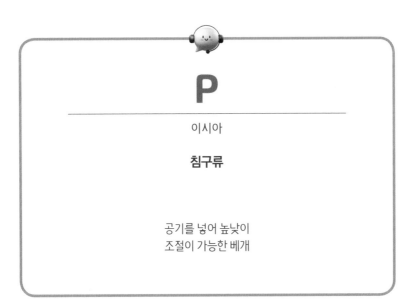

P

이시아

침구류

공기를 넣어 높낮이
조절이 가능한 베개

회사명

알파벳 'P'는 '편안하게'의 'ㅍ'에서 따왔습니다. 편안함을 추구하는 마음을 담았습니다. 또 P는 Pormise, 즉 약속하다의 이니셜이기도 합니다. 편안한 잠을 약속한다는 뜻을 담아 우리 회사의 이름을 'P'라고 정하게 되었습니다.

로고

P

우리 회사 제품에서 영감을 받은 로고입니다. 우리 회사 제품을 시각적으로 잘 보여줄 수 있어 좋다고 생각합니다. 'P'라는 회사명을 가운데에 두고 아래, 위에 삼각형 세 개씩을 대칭적으로 놓아 베개의 단면을 표현하였습니다. 베개를 뜻하는 삼각형 사이의 빈 공간은 우리 회사 제품의 특징인 공기가 들어가는 공간이 있음을 의미합니다. 깊은 밤을 떠올릴 수 있게 검은 색을 사용하였으며 깔끔한 디자인으로 로고를 그려보았습니다.

창업 배경

열여섯일 때 방학이 길었습니다. 잠을 불규칙한 패턴으로 자 버린 탓에 불면증이 생겨 버렸는데, 제가 아니더라도 불면증에 시달려 잠자리가 힘든 사람들의 마음을 이해할 수 있게 되었습니다. 그들을 위한 도구이자 해결책을 생각해보았습니다. 불면증이 아니더라도 잠자리의 높낮이로 인해 불편해하는 사람들이 많은데, 그러한 점이 불편해해 뭔가를 바꾸려는 사람들을 위하여 낸 도구입니다.

침구 중 침대를 바꾸기에는 금액적인 부분에서 부담스러울 수 있는 반면 베개는 침대와 비교하면 합리적인 가격으로 변화를 줄 수 있기 때문에 베개와 관련된 아이디어를 냈습니다.

창업 아이디어

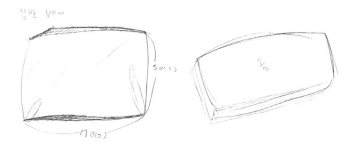

일반 베개는 일반적으로 40cm x 60cm나 50cm x 70cm의 크기가 많고 안에 솜이 들어가게 됩니다. 다만 사람마다 맞는 베개의 높낮이나 강도가 있기 때문에 개인이 직접 일정 기간 동안 사용을 해보아야 맞는 베개를 찾을 수 있습니다. 우리 제품은 이러한 기간 없이 개인에게 맞는 적절한 높이를 설정할 수 있습니다.

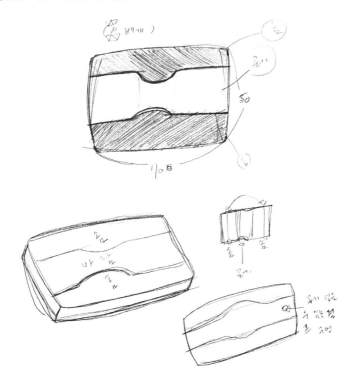

　우리 회사의 베개는 총 3층으로 이루어져 있습니다. 1층과 3층은 솜이, 2층은 공기가 들어가는 공간입니다. 이미 공기를 넣는 휴대용 베개가 시중에 나와있지만 이러한 베개들은 움직이면 소리가 나고 목이 불편하다는 단점이 있습니다. 우리 제품은 1층과 3층을 솜으로 구성하여 목이 편하도록 하였습니다. 특히 침대와 맞닿는 1층 부분이 솜으로 이루어져 있기 때문에 침대에서 밀리지 않고 편안하게 잠을 청할 수 있습니다.

　2층은 공기가 들어가는 공간으로 1cm ~ 7cm까지 조절이 가능합니다. 개인이 필요에 따라서 공기를 주입하여 사용할 수 있습니다. 공기는 베개 옆면의 펌프 구멍으로 주입할 수 있으며 입으로 공기를 주입하면 안에 습기가 찰 수 있기 때문에 제품 구성에 풍선 펌프를 추가하도록 하였습니다.

소비자 분석

나의 창업 아이디어 소비자는
베개를 사용하는 모든 사람 입니다.

불면증에 시달리는 현대인들이 늘어나고 있습니다. 국민건강보험공단의 자료에 따르면 2015년부터 불면증 진료를 받은 환자의 수가 매년 증가하고 있다고 합니다. 2020년 상반기에만 약 40만명의 사람들이 진료를 받았습니다. 수면장애는 우울증과 치매로 발전할 가능성이 크기 때문에 그에 대한 대책이 필요합니다. 일시직인 불면증이나 병원 치료 전 개인이 불면증을 해소하기 위해서 침구류를 바꾸는 경우가 많습니다. 이러한 사람들이 우리 제품을 구매할 수 있도록 가성비 있게 팔 예정입니다. 일반 베개와 비슷한 가격으로 책정하면 소비자들이 부담을 느끼지 않고 제품을 구매할 것이라고 생각했습니다. 직장인, 학생 등 모든 잠을 이루지 못하는 사람들에게 좋은 제품입니다.

판매 방법 및 홍보 전략

홈페이지를 만들어 판매할 예정입니다. 공기층의 높이를 7cm까지 높여서 사용하는 소비자의 경우 큰 사이즈의 베갯잇이 필요하기 때문에 다양한 무드의 디자인을 한 베갯잇을 함께 판매할 수 있습니다. 배게와 함께 펌프를 제공합니다. 네○버 블로그 등 사이트를 활용하여 충분하게 홍보를 합니다. 특히 인테리어 관련 애플리케이션에 광고를 넣어 홍보할 수 있도록 합니다. 오프라인에서도 판매가 가능하며 일반 가구점에 우리 제품을 입점하고자 합니다.

비전

불면증을 해결하기 위한 베개에서 그치지 않고 여행 용도인 휴대용 목베개도 만들 수 있습니다. 휴대용 목베개의 경우 솜으로만 이루어진 제품은 너무 부피를 많이 차지하고 공기를 넣는 제품은 목이 그렇게 편하지 않고 소리가 많이 난다는 단점이 있습니다. 이후 이러한 문제점을 해결할 수 있는 제품까지 만들어 사람들이 깊은 잠을 잘 수 있도록 하고 싶습니다.

RYE

김동우

문구

청각 장애인에게 유용한 칠판

회사명

회사명은 replace your ears의 약자입니다. replace는 '대체 하다'라는 동사로 replace your ears는 '당신의 귀를 대신해 준다'는 뜻입니다. 귀가 안 들리는 사람들에게 필요한 물건을 만들어 귀를 대신하고 싶다는 소망을 담았습니다.

로고

replace your ears

귀를 크게 그려 청각과 관련된 회사임을 한눈에 알기 쉽게 드 러내었습니다. 검은색만을 사용하여 깔끔하면서도 세련된 분 위기를 낼 수 있도록 디자인 하였으며 귀 아래로 회사명의 뜻 인 'replace your ears'라는 문구를 적어 더 효과적으로 로고 를 표현하였습니다.

창업 배경

청각 장애인이 나오는 영상을 본 적이 있습니다. 귀가 들리지 않아서 텔레비전을 보는 것도 쉽지가 않습니다. 그 어려움에 공감하여 일상생활에서 귀 때문에 불편해하는 사람들을 조금이라도 편리하게 해주기 위해 창업을 하게 되었습니다. 저는 학생이기 때문에 청각 장애를 가진 학생들이 교실에서 느낄 불편함을 떠올려 보았습니다. 청각 장애를 가진 학생을 학교에서 만날 일이 거의 없습니다. 그 이유는 여러 가지 불편함들이 있기 때문이라고 생각합니다. 그 중에는 반 친구들과의 관계도 있을 것이고 의사소통에 어려움이 있어 배움이 어렵다는 점도 있지만 시설적인 부분도 있을 수 있다고 생각했습니다. 여러 불편함 중 인식의 변화나 수업이 변하는 것에는 시간이 필요하기 때문에 가장 쉽게 바뀔 수 있는 것은 시설인 것 같았습니다. 따라서 이러한 불편함을 해결할 수 있는 제품을 만들어 보았습니다.

창업 아이디어

청각 장애인을 위한 칠판입니다. 칠판에 위에 타이머 시계가 달려있으며 LED를 활용하여 수업 시간은 눈이 편안한 초록색, 쉬는 시간은 빨간색으로 표시합니다. 시계에는 수업과 쉬는 시간 설정 기능, 전원 기능이 있으며 모두 리모컨으로 설정이 가능합니다. 시간은 1분 간격으로 설정이 가능합니다. 학교마다 수업 시정이 다르기 때문에 각자 입력을 할 수 있도록 구상하였습니다. 필요에 따라서는 전원 버튼을 통해 타이머 시계를 껐다 켤 수 있습니다. 수업이 늦어지는 경우 교사가 리모컨으로 수업 중

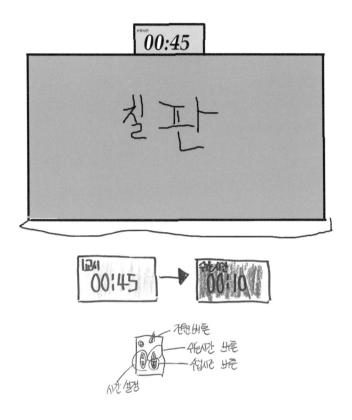

버튼을 눌러서 수업 중임을 표시할 수 있습니다.

　제품은 칠판, 타이머 시계, 리모컨, LED이며 제품 중 시계의 사이즈는 22인치입니다. 시계만 따로 구입이 가능하며 타이머 시계의 경우 5만8천원, 리모컨은 1만5천원으로 금액을 책정하였습니다.

　수업 종을 듣고 시계를 보지 않고도 수업 시작과 수업의 끝을 알 수 있는 비장애인과 달리 귀가 안 들리는 사람들은 직접 시계를 들고 다니면서 시계를 읽지 않으면 수업 시간과 쉬는 시간을 구분하기가 힘이 듭니다. 수업 시정이 바뀌는 날에는 시간이 헷갈리기도 합니다. 이를 초록색과 붉은색으로 한눈에 볼 수 있도록 한 제품입니다. 이 제품을 통해 학교에서 있을 수 있는 청각 장애인의 불편을 해결할 수 있습니다.

또 비장애인 학생들도 이 시계를 편리하게 사용할 수 있습니다. 남은 쉬는 시간을 보여주기 때문에 책을 빌리거나 교무실에 다녀오는 등 쉬는 시간 계획을 세우기 편합니다.

소비자 분석

나의 창업 아이디어 소비자는

청각 장애 때문에 불편한 학생들 입니다.

이 제품은 칠판과 세트로 나오는 제품으로 우리 제품이 필요한 학교와 계약을 맺어야 합니다. 장애인 복지 시설에 설치할 수 있으며 일반 초·중·고등학교에도 설치가 가능합니다. 다만 학교마다 학급마다 상황이 다르기 때문에 개인이나 학교가 시계와 리모컨을 단품으로 구매가 가능하게 하여 접근이 쉽도록 해야 할 것으로 보입니다. 따라서 우리 제품을 다른 칠판에 설치가 가능하게 할 필요가 있습니다.

비장애인 학생들도 해당 칠판을 편리하게 사용할 수 있기 때문에 이러한 부분까지 고려하여 제품을 판매할 수 있습니다.

판매 방법 및 홍보 전략

우리 회사는 우리 상품에 대한 평점 제도를 통해 상품의 문제점을 발견하고 이를 개선해 나갈 계획입니다. 따라서 평점 제도에 참여하는 이벤트를 열어 할인을 하는 방향으로 판매를 할 계획입니다. 여기에서 사용 후기나 댓글을 광고 자료에 사용하여 우리 제품의 사회적 의의나 장점을 소개하고자 합니다.

TV 광고를 활용할 수 있을 것으로 보이며 청각 장애인이 나오는 드라마나 학교가 배경인 드라마에 협찬을 할 수 있습니다.

비전

우리 제품은 청각 장애인이 일상생활에서 겪는 사소한 문제를 해결해 편리하게 만들어줍니다. 시계를 읽는 것은 사실 그렇게 어려운 일이 아닙니다. 그러나 비장애인들의 삶과 비교해보면 미묘하게 불편하다는 것을 알 수 있습니다. 이런 사소한 일들이 쌓여서 큰 어려움이 되는 것이라고 생각합니다. 생활 속에서 작은 것부터 바꾸어 나간다면 모두가 행복한 삶을 살 수 있을 것이라고 믿습니다.

오래된 학교가 많다 보니 학교에서 장애인을 위한 시스템이 처음부터 존재하는 경우를 찾기가 드뭅니다. 계단 옆으로 경사면이 있다거나 장애인 전용 주차장이 있다거나 하는 일은 많지만 학교 건물 안으로 들어갈 때 턱이 너무 많다거나, 계단 앞에 점자 블록이 없다거나 하는 경우가 많습니다. 최근 사회가 많이 변화하고 있습니다. 그 시작을 우리 회사와 함께 할 수 있을 것이라 기대합니다. 청각 장애인을 위한 칠판이 설치가 되어 있다는 상황이 주는 상징성이나 사회적 분위기가 삶을 더욱 풍요롭게 할 것입니다.

Q&S Corporation

김호연

생활용품

캔 뚜껑 따기 힘든 사람들을 위한
쉽고 편한 캔 뚜껑

회사명

Q&S는 Quick and Simple의 약자입니다. '빠르고 간단하게'
를 모토로 사람들이 빠르고 간단하게 세상의 물건들을 사용할
수 있게 하고자 합니다. 여기에 Corporation을 붙여 기업임을
드러내 기업가 정신을 가지고 회사를 운영하고자 합니다.

로고

이 로고는 푸른 계열과 녹색 계열의 색을 사용하여 '새로운 아
이디어'가 연상되도록 디자인 했습니다. 파란색이 주는 혁신
의 이미지와 초록색이 주는 싱그러움과 성장의 이미지를 활용
해 창조적인 회사 이미지를 만들고자 합니다.
회사명인 Q&S 뒤로는 물방울과 작은따옴표가 연상되는 도형
을 삽입했습니다. 이는 물이 만물의 근원을 상징한다는 점에
서 착안하였습니다. 물이 만물의 근원이듯 우리 회사가 근간
이 되어 새로운 아이디어를 가지고 독창적인 제품을 만들고자
하는 마음을 담았습니다. 여기에 작은따옴표가 주는 강조의
의미까지 더해 회사 로고를 만들어 보았습니다.

창업 배경

누구나 어린 시절 캔을 못 따서 주변 어른께 부탁한 경험이 있을 것입니다. 다 큰 어른도 손톱이 짧거나 손에 힘이 없어 캔을 따지 못하는 경우가 많습니다. 손가락이 캔 따개 사이에 들어가지 않아서 사이에 열쇠나 카드를 집어넣기도 합니다. 노약자나 어린이, 자폐 스펙트럼 장애인 등 손가락 힘을 많이 쓸 수 없는 사람들이 편하게 캔을 딸 수 있도록 회사를 창업하게 되었습니다.

창업 아이디어

기존의 캔은 캔 따개 부분이 평평해 손가락을 집어 넣는데 어려움이 있습니다. 캔 따개에 굴곡이 있어 그 굴곡에 손가락을 넣어야 합니다. 또 어린이나 노약자가 주기에는 강한 힘으로 지렛대의 원리를 사용해 뚜껑을 열어야 합니다.

우리 회사의 캔은 캔 상부를 볼록하게 만들어 손톱이 짧아도 손가락을 쉽게 집어 넣을 수 있게 만든 것이 특징입니다. 단면을 잘라서 살펴보면 캔의 상단부가 볼록한 형태이기 때문에 손가락이 들어갈 공간이 충분하게 있어 편리합니다. 이때 볼록한 형태의 캔 상부로 인해서 캔을 딸 때 지렛대 원리의 힘이 더 크게 적용되어 기존 캔보다 적은 힘으로 캔을 열 수 있게 됩니다.

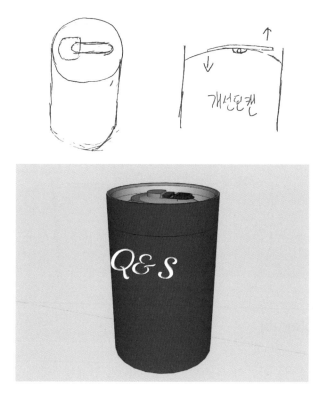

소비자 분석

나의 창업 아이디어 소비자는

모든 **사람** 입니다.

어린이, 노약자는 손에 힘이 부족하여 캔을 잘 열지 못하는 경우가 많습니다. 어린이나 노약자가 아니더라도 손가락이 두껍거나 손톱이 너무 짧아도 그렇습니다. 또 자폐 스펙트럼 장애인의 경우 손으로 강한 힘을 섬세하게 주는 것에 어려움을 느끼는 사람이 많다고 합니다. 이러한 분석을 보면 우리 제품은 모든 사람들의 편리를 도모해주는 제품입니다.

캔 음료는 구하기 힘든 음료가 아니고 일상생활에서 이미 많이 구매하고 있는 물건입니다. 앞서 언급했듯 캔 음료를 열기에 어려움을 겪는 사람이 상당수 있기 때문에 현재 시중에서 사용되고 있는 캔의 변형 및 발전에 대한 요구나 수요가 있을 것으로 보입니다. 다만 현실적으로 개인이 새로운 형태의 캔을 따로 구매하여 음료를 제작하지는 않을 것입니다. 따라서 우리 회사는 혁신의 이미지가 있는 회사와 계약하여 음료 회사에 우리 캔을 납품하는 방향으로 가는 것이 가장 적절할 것입니다.

판매 방법 및 홍보 전략

우리 제품은 음료 회사와 계약을 맺어야 합니다. 따라서 코○○라와 같은 유명 캔 음료 회사를 상대로 캔을 판매하여 기업의 가치를 높일 수 있을 것으로 보입니다. 유명 캔 음료 회사와 계약을 하기 위해서는 우리 회사 아이디어의 가치를 설명해주고 직접 시제품을 만들어 테스트를 해 보여주는 과정이 필요합니다. 우리 제품이 손에 힘을 덜 주고 캔을 딸 수 있다는 것을 강조하며 이를 통해 어린이, 노약자, 자폐 스펙트럼 장애인에게 긍정적이라는 점을 설명합니다. 첫 계약을 바탕으로 다른 여러 음료 회사와 계약을 맺을 수 있을 것입니다.

비전

우리 회사의 제품은 우리 회사 혼자서는 어려움이 있을지 몰라도 음료 회사와 계약을 맺어 함께 나아간다면 긍정적인 미래를 꿈꿀 수 있을 것입니다. 전 세계의 모든 캔을 우리 기술을 통해 언제 어떤 상황에서도 쉽게 열 수 있게 하고 싶습니다.

부지런한 회사

이승준

애플리케이션

대중교통과 연계한
알람 애플리케이션

회사명

회사명이 '부지런한 회사'인 이유는 말 그대로 모든 사람이 부지런해졌으면 좋겠다고 생각했기 때문입니다. 직접적으로 '부지런한'이라는 표현을 써서 의미를 한 번에 알 수 있게 하였습니다. 영어 이니셜이나 영어로 된 회사명이 아닌 우리말로 회사명을 지어 사람들의 시선을 끌고 머릿속에 오래 남도록 하였습니다.

로고

개미는 부지런의 대명사입니다. 이솝 우화의 '개미와 베짱이'만 봐도 그렇습니다. 우리 회사의 로고는 개미에서 영감을 받아 만들었습니다. 개미처럼 부지런한 곤충은 또 없습니다. 모든 사람이 개미처럼 부지런하게 움직이는데에 우리 회사가 도움을 줄 수 있으면 좋겠다는 생각에서 개미를 로고로 만들었습니다. 로고를 간소화하기 위해서 개미의 머리, 가슴, 배를 까만 동그라미로 표현하였습니다. 다리는 생략해 간단하게 디자인 했습니다.

창업 배경

고등학생이라면 아침마다 일찍 일어나 학교에 가는 것이 고역일 것입니다. 요즘 제가 늦게 일어나는 일이 잦아져 생각해낸 아이디어입니다. '아침에 조금이라도 더 자기 위해서는 어떤 것을 변화시키면 될까?'라는 질문에서부터 시작했습니다. 또 이른 아침 시간 꼭 타야 하는 마지막 버스나 지하철을 놓쳐 곤란을 겪는 사람들을 위해서 회사를 만들었습니다.

창업 아이디어

아침에 늦게 일어나거나 버스나 지하철이 언제 올지 몰라 늦장을 부리다 놓치는 사람이 많습니다. 그래서 생각한 아이디어로 버스나 지하철과 같은 대중교통을 지정해두면 도착 시간 전에 알람이 오는 애플리케이션을 만들기로 했습니다.

사용법은 다음과 같습니다. 먼저 애플리케이션을 설치하고 지역을 선택합니다. 해당 지역에서 자신이 탈 수 있는 대중교통 중 가장 마지막 배차 시간의 차를 지정합니다. 그리고 자신의 평균 준비 시간을 계산하여 설정합니다. 1분 단위로 설정할 수 있습니다. 평균 준비 시간의 경우 5분에서 2시간까지 다양하기 때문에 사용자가 직접 입력할 수 있게 하였습니다. 알람 시간은 다양하게 여러 번 설정할 수 있습니다.

대중교통 중에서도 버스는 도로 상황에 영향을 많이 받기 때문에 매일 조금씩 달라질 수 있습니다. 집에서는 도로 상황을 알 수 없습니다. 따라서 알람을 도로 상황에 맞추어 버스 도착 일정 시간 전에 알람이 울린다면 아침잠을 더 잘 수 있다는 장점이 있습니다.

알람 시간은 두 시간 전, 한 시간 전, 삼십 분 전 등 어러 번 설정을 할 수 있기 때문에 일어나서 애플리케이션에 접속하여 '오늘의 알람 *끄기*'를 눌러야만 알람이 꺼집니다. 따라서 사용자가 일어나지 못했다면 자신이 타야 하는 가장 마지막 차의 도착 시간에 맞게 여러번 울리는 알람이기 때문에 늦잠을 자는 사람에게는 마지막 기회가 되어줍니다.

특히 집에서 정류소나 지하철역까지 걸리는 시간을 계산하여 입력해 두면 '지금 집에서 출발하면 ○○:○○에 ○○○에 도착하는 ○○○를 탈 수 있습니다.'라는 알림을 받아 볼 수 있습니다. 너무 더운 여름이나 너무 추운 겨울에 밖에서 고생하는 시간을 줄일 수 있습니다.

최대한 아침 시간을 효율적으로 사용할 수 있는 애플리케이션이라는 점과 따로 직접 버스나 지하철 시간을 찾아보지 않아도 편리하게 팝업 알림으로 내가 필요한 정보를 받을 수 있다는 편리함이 강점입니다. 전날 시간 계산해 특별하게 알람을 맞추지 않아도 편안한 마음으로 잠들 수 있다는 점에서 매력적입니다.

소비자 분석

나의 창업 아이디어 소비자는
학생과 직장인 입니다.

아침 일찍 정해진 시간에 대중교통을 타야 하는 사람은 대체로 학생과 직장인입니다. 이 사람들은 아침잠이 부족한 경우가 많습니다. 이로 인해서 지각을 많이 하기도 합니다. 일반적으로 알람은 일어나는 시간에만 맞추고 마지막의 마지막에는 울리지 않습니다. 그 마지막 알람만 있었다면 우리는 지각하지 않았을지도 모릅니다. 우리 애플리케이션은 설정만 해두면 아직 깨지 못한 사용자가 가장 마지막으로 타야 하는 대중교통의 알람을 한 번 더 울려줍니다. 부지런한 생활을 위해서 소비자들이 충분히 이용할 것으로 보입니다.

판매 방법 및 홍보 전략

SNS 와 유○브 광고를 통해서 홍보합니다. 학생, 직장인들이 늦잠 자서 버스, 지하철을 놓치고 지각하는 모습을 보여줍니다. 그리고 이 앱을 깐 다음 알람을 듣고 일어나서 시간에 맞게 버스,지하철을 타는 모습을 보여줍니다.

광고 영상을 유쾌하게 제작합니다. 우리 애플리케이션을 사용하는 상황을 충분하게 드러내는 줄거리를 통해 흥미를 불러일으키고 인지도를 높입니다. 예를 들어 학생이나 직장인이 알람을 듣고도 다시 자고 그 이후에 알람이 전혀 울리지 않아 버스나 지하철을 놓치고 지각하는 모습을 보여줍니다. 우리 애플리케이션을 사용했을 때는 대중교통 출발 5분 전에 울린 알람으로 머리에 까치집을 지은 상태로 지각을 면합니다. 누구나 겪을 법한 사연을 담은 영상으로 재미를 주면서도 인지도를 올릴 수 있습니다.

이를 바탕으로 우리 애플리케이션을 설치하고 직접 써 본 사람들이 친구끼리 추천하고, 가족에게 추천하는 입소문을 내도록 하는 것이 가장 효과적일 것으로 보입니다.

비전

버스나 지하철은 도로가 존재하는 한 없어질 리가 없는 대중교통입니다. 대한민국에 도로가 없어지지 않는 이상 지속적으로 사용할 수 있습니다. 아침잠이 많아 어려움을 겪는 친구들을 많이 봅니다. 그러한 사람들을 도울 수 있도록 노력하고 더 편리한 기능을 추가하여 소비자의 만족도를 높이려고 합니다.

우리들의
수업 이야기

Be the CEO 프로젝트

하은민

1. 평범한 영남공고 학생이던 내가 내일은 사장님?

　수업을 계획할 당시 프로젝트의 부제목을 무엇으로 해야 할지 큰 고민에 휩싸였습니다. 수업 전 학생들에게 프로젝트를 예고하며 은근하게 떠보았을 때의 관심도가 천차만별이었기 때문입니다. 대학 진학이나 취업에 관심이 있는 학생들은 의욕을 불태웠으나 그렇지 않은 학생들은 부정적인 반응을 보였습니다.

　"그런 걸 왜 해요? 어차피 전 못하는데."

　어차피 못한다. 무엇을 못 한다는 말일까 생각해보았습니다. 실제로 창업을 하는 것이 쉬운 일이 아니라는 의미라면 다행입니다. 하지만 '내'가 못한다는 의미라면 이야기가 달라집니다. 영남공고 학생들을 만나면서 가장 먼저 온몸으로 느낀 것은 학생 스스로가 자신에게 가지는 기대감이 낮다는 점이었습니다. '공고에 다니는 나'는 정말 창업을 할 수 없기 때문에 창업 아이디어도 낼 수 없는 걸까요? 그렇게 부제는 '평범한 영남공고 학생이던 내가 내일은 사장님?'으로 정해졌습니다. 흔해 빠진 가벼운 웹소설 제목 같은 프로젝트가 아이들에게도 가볍게 느껴지기를 기대하면서.

2. Be the CEO 프로젝트

Be the CEO 프로젝트는 학생 중심 프로젝트 수업으로 학생이 주체가 되어 자유 시장경제에서의 기업가 정신을 바탕으로 구체적이고 실현 가능한 창업 계획을 세우도록 하는 프로젝트입니다. 자기 주도적 태도와 창업 마인드 함양을 통해 학생들의 자긍심을 회복하고 효능감을 향상하는 것을 목표로 두었습니다.

본 수업은 각 교과의 특성을 반영해 국어 과목을 중심으로 하나의 프로젝트를 진행하였습니다. 수업의 주제를 '창업 아이디어를 가지고 가상 투자 받기'로 두고 최종 산출물인 창업 계획서, 발표 및 투자하기 활동을 진행함에 있어서 여러 교과를 유기적으로 융합하여 설계하였습니다. 사회 교과에서 학습한 경험이 있는 기업가 정신을 바탕으로 개별 학생이 CEO가 된다는 전제를 가지고 국어 교과에서는 분석적, 비판적, 창의적으로 자료를 분석하고 정보를 조직하여 발표를 할 수 있도록 지도하였습니다. 그 과정에서 미술 교과에서 상호 및 로고를 창작·제작할 수 있도록 하였으며 수업 결과물에 대해서 동료 평가가 가능하도록 동료의 결과물에 대한 가상 투자를 할 수 있게끔 수업을 설계하였습니다. 이를 통해 학생들은 비판적·창의적 사고 역량, 자료·정보 활용 역량, 의사소통 역량을 키울 수 있습니다. 상황에 따라 수업은 순차적으로 진행하였습니다. 수업 설계 계획은 다음과 같습니다.

단계 (총 14차 시)	교과	성취기준	학습 주제	교과 역량
1단계	국어	[12실국02-03] 정보를 체계적으로 조직하여 대상과 상황에 적합하게 표현한다.	기업가 정신 관련 본문 읽은 후 창업 아이디어 선정 및 창업 계획하기	비판적·창의적 사고 역량, 자료·정보 활용 역량
		[12실국03-01] 타당한 근거를 들어 자신의 주장을 설득력 있게 표현한다.		
		[12실국03-02] 집단의 의사 결정 과정에 참여하여 합리적 방안을 탐색한다.		
	사회	[9사(일사)08-02] 자유 시장경제에서 기업의 역할과 사회적 책임을 이해하고, 기업가 정신을 함양할 수 있는 태도를 갖는다.		
2단계	국어	[12실국02-03] 정보를 체계적으로 조직하여 대상과 상황에 적합하게 표현한다.	상호 및 로고 제작과 창업 계획서 쓰기	창의·융합 역량
		[12실국03-01] 타당한 근거를 들어 자신의 주장을 설득력 있게 표현한다.		
		[12실국03-02] 집단의 의사 결정 과정에 참여하여 합리적 방안을 탐색한다.		
	미술	[12미02-04] 주제와 표현 의도, 재료와 표현 방법, 매체, 표현 과정, 결과 등을 종합적으로 검토할 수 있다.		
3단계	국어	[12실국02-03] 정보를 체계적으로 조직하여 대상과 상황에 적합하게 표현한다.	발표문 쓰기	의사소통 역량
		[12실국03-01] 타당한 근거를 들어 자신의 주장을 설득력 있게 표현한다.		
4단계	국어	[12실국01-01] 의사소통 맥락에 적합한 어휘를 사용한다.	창업 아이디어 발표하기	비판적·창의적 사고 역량, 의사소통 역량
		[12실국01-02] 국어의 어법에 맞고 의미가 정확한 문장을 사용한다.		
		[12실국02-02] 정보에 담긴 의도를 추론하고 내용을 비판적으로 평가한다.		
5단계	국어	[12실국02-02] 정보에 담긴 의도를 추론하고 내용을 비판적으로 평가한다.	가상 투자하기	비판적·창의적 사고 역량

■ 차시 계획

1차시	동기유발
2차시	– 미래 사회와 기업가 정신 – 디자인싱킹 기법과 창의적 아이디어 내기
3차시	생각 열기
4차시	프로토타입 만들기
5차시	
6차시	멘티미터 활용 수업 및 내가 만들고 싶은 회사 글쓰기
7차시	창업 계획서 쓰기 전 활동
8차시	미술 융합 수업 로고 디자인
9차시	창업 계획서 쓰기
10차시	
11차시	모둠원들과 창업 계획 공유하고 하나를 선정해 발표 자료 만들기
12차시	
13차시	
14차시	창업 계획 발표 후 투자하기

■ 동기 유발 (미래 사회와 기업가 정신), (디자인싱킹 기법과 창의적 아이디어 내기)

　프로젝트는 미래 사회에서의 인간의 위치를 떠올려보는 것으로 문을 엽니다. 기계와 인공지능으로 인해 인력이 대체되고 있는 현실을 직시하고 미래 사회에서 인간이 할 수 있는 것들을 생각해보게끔 지도하였습니다.

　그 후 4차 산업혁명의 도래로 떠오르는 이슈인 미래의 일자리 문제를 '기업가 정신'과 관련짓는 칼럼을 읽고 스스로 기업가 정신이란 무엇인지를 생각해보는 시간을 가졌습니다. 해당 활동은 기업가 정신에 대해 알고 기업가에게 가장 중요한 것은 무엇인지 생각해보게 함으로써 프로젝트 중 본인이 어디에 중점을 둘 것인지를 미리 떠올려보게 하는 활동입니다. 해당 활동을 통해 Be the CEO 프로젝트의 필요성을 상기시켜 동기를 유발하였습니다.

■ 생각 열기

평범한 영남공고 학생이던 내가 내일은 사장님?

Be the CEO 프로젝트

영남공고 2학년   반   번   이름

생각 열기

'어떤 상품을 누구에게 팔까?'
나만의 독창적인 아이디어를 내봅시다.

일상생활 속에서 어떤 어려움이나 불편함을 느낀 경험을 떠올려 봅시다. 또 주변 사람들이 일상생활 중에 불편함을 토로하는 것을 들은 경험이 있다면 떠올려 봅시다.

나	예시) 바쁜 일상 때문에 카페에서 음료를 주문하고 기다리는 과정이 길게 느껴짐
주변 사람 (가족 등)	

모둠 친구들이 일상 속에서 찾은 불편함에 대해서 서로 공유해봅시다.

이름	일상 속에서 찾은 불편함
이름	일상 속에서 찾은 불편함
이름	일상 속에서 찾은 불편함

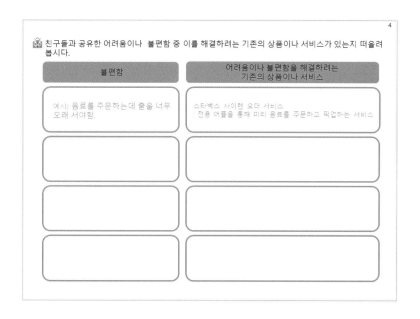

생각 열기 단계에서는 '어떤 상품을 누구에게 팔까?'라는 질문을 바탕으로 일상생활 속의 불편함 발견하기 활동을 진행하였습니다. 자기 경험뿐만 아니라 주변 사람들의 경험을 공감하며 일상생활 속 문제점을 확장해 나가도록 지도하였습니다. 그 후 모둠 친구들과 이야기를 통해 다시한번 일상 속 어려움을 공감하고 자신이 생각하지 못한 부분에 대해서 서로 이야기를 나눌 수 있도록 활동지를 구성하였습니다. 기존 사업과의 차별성을 둔 창의적인 제품 아이디어를 낼 수 있도록 학생이 주목하고 있는 불편함과 관련하여 기존의 상품이 있는지를 스스로 찾아보고 이를 기록하게 합니다.

해당 단계에서 어려움을 느끼는 학생이 많아 교사의 경험이나 다른 학급 친구들이 발견한 불편함 등 다양한 예시를 제공하였습니다. 그 과정에서 학생들이 자발적으로 컴퓨터를 활용하여 관련 영상을 찾아보거나 다른 발명 아이템들을 검색하는 등 적극적인 태도가 나타났습니다.

■ 프로토타입 만들기

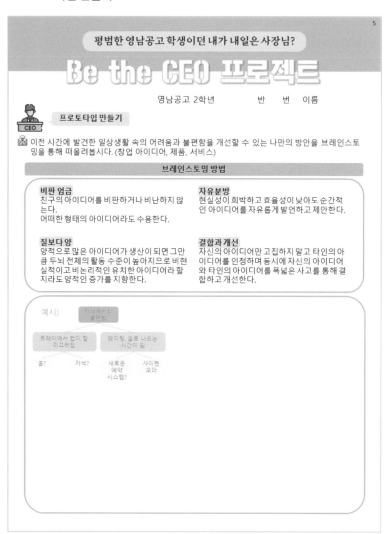

여러 아이디어 중 하나를 발전시켜 프로토타입으로 만들어봅시다.

❖ 내가 선정한 창업 아이디어

❖ 내가 선정한 창업 아이디어 부가 설명

　모둠별로 브레인스토밍을 통해 창의적인 아이디어를 내고 마인드맵으로 기록하도록 하였습니다. 이를 위해 활동 전 브레인스토밍의 방법을 지도하고 마인드맵을 작성하는 법을 지도했습니다. 아이디어 중 합칠 수 있는 아이디어가 있다면 이를 결합할 수 있다고 지도하였으며 그 결과 새로운 아이디어가 나오기도 했습니다. 해당 활동을 진행할 때 교사는 이전 활동에서 찾았던 일상생활 중의 불편함을 해결해야 함을 언급하고 더 실현성 있는 아이디어를 끌어내기 위해 주 소비자를 고려하여 브레인스토밍하도록 지도하였습니다. 학생 스스로 모둠 친구들과 브레인스토밍 내용을 공유하고 친구의 의견을 묻는 등 긍정적인 모습을 관찰할 수 있었습니다.

브레인스토밍 후 현실성, 창의성을 고려하여 가장 좋은 아이디어를 그림으로 표현하고 아이디어에 대한 설명을 적도록 하였습니다. 프로토타입을 실제로 만드는 것은 현실적으로 어려움이 있음을 설명한 후에 이루어진 활동으로 실제 제품을 만든다고 생각하고 구체적으로 작성을 하도록 했습니다. 제품의 소재나 서비스의 방법 등을 생각하지 않고 막연하게 프로토타입을 작성하는 학생들에게는 여러 가지 질문을 통해서 도움을 줘 창업 가능성을 높일 수 있도록 하였습니다. 그림에 색을 입히는 등 활동에 의욕을 보이는 학생들이 늘고 교사를 불러 자신의 아이디어를 설명하는 모습이 나타났습니다.

■ 멘티미터 활용 수업 및 '내가 만들고 싶은 회사' 글쓰기

수업 중 구글 미트와 멘티미터를 활용하여 '내가 다니고 싶은 회사'와 '내가 만들고 싶은 회사'에 대해서 생각해보고 창업에 있어서 회사의 분위기나 구체적인 비전을 상상해보는 시간을 가졌습니다. 해당 시간으로 분위기가 다시 환기되었으며 기업가에게 필요한 정신은 무엇인지를 떠올려보면서 기대감을 가지고 창업에 한 발 더 다가설 수 있게 하였습니다. 창업 시 중요하게 생각하는 점 세 가지를 입력하게 하고 화면에 띄워 반 친구들과 공유하며 좋은 회사는 무엇인가에 대해서 생각하도록 수업을 구성하였습니다. 영남공고 2학년 학생들의 경우 학력보다는 회사에서 요구하는 능력의 함양을 중시하고 수평적인 분위기를 추구하는 경향이 나타났습니다. 활동 전 구글 미트와 멘티미터 사용 방법을 충분히 안내했습니다.

이후 멘티미터 활용 수업을 바탕으로 '내가 만들고 싶은 회사'에 대해서 작문하도록 지도하였습니다.

〈학생 글〉

제가 만들고 싶은 회사에는 우선 주 54시간 근무와 주 5일제 한 달에 2~3일의 휴가가 필요합니다. 한국은 다른 국가와 비교했을 때 상대적으로 매우 높은 근무량을 자랑하고 있습니다. 그렇기에 직원들의 높은 피로도로 근무 효율이 떨어진다는 연구 결과까지 있습니다. 직원들의 근무 효율을 높이고 행복도를 올리려면 이러한 조건이 보장되어야 한다 생각합니다.

다음은 최저시급 이상의 시급이 보장되어야 한다 생각합니다. 한국의 최저시급은 9,000원대로 적은 편은 아니나 이 돈으로 의식주를 모두 해결하고 쾌적한 생활을 하기에는 부족하다고 생각합니다. 그렇기에 최저시급을 보장해주며 적지 않은 보수를 안겨주는 게 맞다 생각합니다.

다음은 갑질 없는 수평적 구조가 필요하다고 생각합니다. 한국은 갑질 문화가 뿌리 깊이 박혀있어 적지 않은 회사원들이 갑질로 고통받으며 살아가고 있습니다. 저는 이런 부분을 안타깝게 여겨 갑질 문화가 없는 수평적 구조의 회사를 만들고 싶습니다. 상사는 강제적으로 부하직원을 눌러 통제하지 않고 부하직원들은 자유로이 일하되 상사는 존중하고 배려하는 모습이 가장 이상적이고 제가 원하는 회사라 생각됩니다.

마지막으로 자유로운 노조 활동이 보장되어야 합니다. 노조는 마지막으로 직원들이 불만을 호소할 곳이 없으면 호소하는 장소이자 직원들의 마지막 보루입니다. 이러한 보루를 탄압하는 것은 직원들의 자유와 의지를 박탈하는 것으로 생각하여 자유로운 노조 활동이 보장되어야 한다 생각됩니다.

2학년 전자1반 최영준

190

■ 창업 계획서 쓰기 전 활동 및 미술 융합 수업 로고 디자인

평범한 영남공고 학생이던 내가 내일은 사장님?

Be the CEO 프로젝트

영남공고 2학년   반   번   이름

계획서 쓰기

창업 계획서를 쓰기 전 계획서에 들어갈 내용들을 생각해봅시다.

- 아이디어가 창의적이고 기존 사업과의 차별성이 있는가?
- 구체적인 비전을 가지고 사업 목표를 선정했는가?
- 실제로 창업 가능성이 있는가?
- 상호 및 로고가 매력적인가?
- 마케팅(판매, 홍보) 전략이 적절한가?

회사명	회사명이 가지고 있는 의미

창업 목적

나의 제품이나 서비스는 누구를 위한 것인가?

판매 전략 및 홍보 전략

나의 회사 로고

나의 회사 로고 선정 이유

완성된 프로토타입을 바탕으로 개선해 컴퓨터를 활용하여 창업 계획서를 써봅시다.

창업 계획서를 쓰기 전에 활동지를 배부하여 창업 계획서 작성의 어려움을 줄이도록 하였습니다. 활동지의 상단에 미리 창업 아이디어의 평가 기준을 제시하여 이를 고려해 활동할 수 있도록 하였습니다.

동일한 단계에서 미술 교과와 융합 수업을 진행하여 로고 디자인에 대해서 학습하였습니다. 미술 교과와의 융합으로 집중을 환기하는 시간이 되었습니다. 로고 디자인에 대한 학습을 바탕으로 창업에 대한 구체적인 고민이 드러났으며 학생들의 주인 의식이 느낄 수 있었습니다.

■ 창업계획서 작성하기

9

평범한 영남공고 학생이던 내가 내일은 사장님?

Be the CEO 프로젝트

영남공고 2학년 　　 반 　 번 이름

발표 계획하고 발표하기

🏛 모둠 친구들의 발표를 듣고 이야기를 나누어봅시다.

친구 이름	창업 아이디어	창업 아이디어에 대한 나의 생각
		☆ ☆ ☆ ☆ ☆
		☆ ☆ ☆ ☆ ☆
		☆ ☆ ☆ ☆ ☆
		☆ ☆ ☆ ☆ ☆

🏛 모둠 친구들의 발표를 듣고 우리 모둠 최고의 창업 아이디어를 뽑아봅시다.

최고의 창업 아이디어	
선정 이유	

🏫 모둠 친구들과 역할을 나누어봅시다.

팀 명	
조 장	
조 원	
채택 아이디어 (사장명)	
발표자	
PPT 제작 (발표용)	
포스터 제작	

🏫 머리를 맞대어 우리 모둠에서 뽑은 최고의 창업 아이디어를 보완해봅시다.

개선이 필요한 부분이나 추가할 부분

구글 클래스룸의 학급마다 창업 계획서 파일을 올려 학생들이 각자 작성하도록 지도하였습니다. 낯선 활동이기 때문에 비전을 떠올리거나 창업 아이디어의 마케팅 대상자 선정 등을 생각하고 기입하는 데에 어려움을 겪는 학생이 많아 공통된 질문이 있는 경우 반 전체에게 추가 설명을 하는 등 교사의 안내가 이루어졌습니다.

■ 모둠원들과 창업 계획 공유하고 하나를 선정해 발표 자료 만들기

평범한 영남공고 학생이던 내가 내일은 사장님?

Be the CEO 프로젝트

영남공고 2학년   반   번 이름

발표 계획하고 발표하기

효과적인 발표 전략을 고려하여 발표를 계획하고 발표해봅시다.

발표 전략의 예시

발표의 내용 구성
도입부, 전개부, 정리부

표현과 전달방법
내용 연결표현, 비언어·반언어적 표현, 질문하기, 자문자답하기, 신뢰도 높은 조사 인용하기, 비유하기

시각 자료의 활용
시각자료의 선택, 유형, 구성

청중과의 상호작용
흥미 유발, 반응 대처, 질의응답

	내용	발표 전략
처음 (도입부)		
중간 (전개부)		
끝 (정리부)		

모둠 내에서 각자 자신의 회사를 소개하고 창업 아이디어를 발표했습니다. 서로의 생각을 공유하여 모둠에서 먼저 모둠별로 최종 발표를 할 창업 아이디어를 선정하도록 했습니다. 필요한 경우 모둠원들의 의견을 바탕으로 선정한 아이디어를 수정·발전시키도록 한 후 역할 분담을 통해 발표를 준비하였습니다. 발표 자료는 창업 계획서와 동일하게 구글 클래스룸을 활용하였으며 이를 위해 사용 방법을 미리 안내해야 하였습니다. 동시에 자료를 만들 수 있기 때문에 장난을 치는 일이 없도록 규칙을 정하고 활동하는 것이 좋습니다. 발표자는 발표 계획서를 참고하여 발표를 준비합니다.

■ 창업 계획 발표 후 투자하기

준비한 발표 자료를 바탕으로 제품 발표회 시간을 가집니다. 발표 후에는 충분히 질의응답이 이루어지도록 하였습니다. 새로운 관점의 질문이나 짓궂은 돌발 질문에 대답하면서 발표 내용 중 부족했던 부분을 덧붙여 설명하고 발표 능력을 증진할 수 있었습니다. 실제로 발표를 하면서 제품에 대한 질문이 들어오자 칠판에 제품을 그리고 크기를 설명하거나 발표 중 받은 질문을 통해 제품이 가진 문제점을 발견하고 이를 해결하는 등의 긍정적인 모습이 나타났습니다.

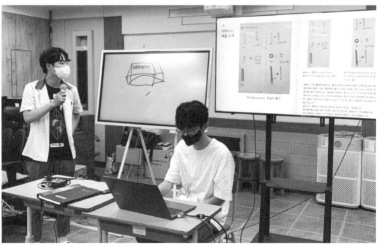

발표 후 모둠별로 모의 투자 발표 대회를 진행하였습니다. 개인이 창업 아이템 프레젠테이션을 듣고 개인이 투자자가 되어 투자를 진행하는 활동입니다. 투자자의 입장에서 다른 모둠의 창업 아이템을 평가하는 경험을 통해 자신의 창업 아이디어를 평가하고 개선할 수 있었습니다.

3. Be the CEO 프로젝트 수업을 마무리하며

"저는 원래 불편한 거 없는데요?"

아이들은 프로젝트가 시작되자 평소에 불편한 점이 하나도 없었다고 우겼습니다. 아이들 주변을 돌아다니면서 '어렵다', '생각이 안 난다'는 말은 귀에 박이게 들었습니다. 머리를 짜내 기껏 창업 아이디어를 내고 나서 자료조사 후 이미 시중에 있는 아이디어 제품이나 서비스임을 알게 되었을 때의 실망 가득하던 그 표정이 아직도 잊히지를 않습니다. 어느 순간부터 아이들은 친구들과 함께 고민하기 시작했던 것 같습니다. 옆 자리의 친구에게 내 아이디어가 어떤지 물었습니다. 다른 친구들이 낸 아이디어를 보며 말이 된다, 안 된다 시끌시끌했습니다. 다시 새로운 아이디어를 가져와 더 열심히 조사했습니다. 내 아이디어가 친구의 아이디어와 비슷한 것 같으면 경쟁력 있는 상품이나 서비스를 만들기 위해 또 다른 아이디어를 덧붙였습니다. 활기를 가지고 질문하기 시작했습니다. 물살을 타기 시작하자 형태가 잡혔습니다.

한 학생은 초등학교 때부터 가지고 있던 아이디어를 이 프로젝트에서 펼쳐냈다고 합니다. 어떤 학생은 선생님은 어떤 불편함이 있었냐며 선생님이 겪고 있는 불편함을 해결해 주겠다고 나섰습니다. 많은 학생이 자신과 주변인들의 일상생활을 돌아보고 다양한 아이디어를 꺼내 보였습니다. 청각 장애인을 위한 칠판, 급식을 먹기 위해 줄 서는 시간을 줄일 수 있는 걸 알람 시스템과 같이 학교에서 쓸 수 있는 물건이나 서비스부터 새로운 납땜기나 아이스팩과 같이 전공을 활용한 제품까지 다양한 아이디어들이 나왔습니다. 창업 계획서라는 결과물을 친구들에게 소개하면서 아이들은 어떤 생각을 했을까요.

진짜로 창업을 하는 느낌과 다양한 아이디어와 불편한 점을 통해 영감을 많이 받았고 결코 쉬운 일이 아니라는 걸 느끼면서 재미있게 참여할 수 있는 수업이 되어서 좋았다.

우리가 생각해낸 아이디어로 창업을 하여 상품을 판매한다는 것이 새로웠고 이 활동을 하면서 나도 하면 할 수 있겠다는 것을 느껴 나중에 기회가 된다면 창업을 꼭 해보고 싶다.

사소한 문제에서 시작했던 아이디어에 살을 붙이다 보니 정말 실제로 나올법한 제품의 정도까지 나오는 것이 신기했고 사업에 대해 잘 모르는 부분이 많았지만 이 활동을 통해 사업과 창업에 대해 더 알게 되어 나와 거리가 먼 일이 아닌 조금 더 가까운 일이라고 느끼게 되었다.

아이들이 직접 작성한 소감입니다. 여기에서 이 수업의 의의를 찾아보려고 합니다. 어렵다, 힘들다는 소감을 남긴 학생들도 분명하게 느낀 것이 있고 얻어가는 것이 있었을 것이라 믿습니다.

"그런 걸 왜 해요? 어차피 전 못하는데."

아이들은 성장했습니다. 창업을 못 한다는 말이었든, 공고에 다니는 내가 못 한다는 말이었든 간에 하나의 프로젝트를 해내는 힘을 길렀습니다. 과제의 어려움을 직면하고 창의적인 아이디어를 냈습니다. Be the CEO

프로젝트는 창업이라는 실제적인 과제를 해결하기 위해서 스스로 문제점을 발견하고 창의적인 방법으로 문제를 해결하는 과정을 담아 4주라는 시간 동안 진행된 프로젝트입니다. 학생 활동이 주가 되는 아이들에게는 길고 힘든 과정이었을지도 모릅니다. 이를 예행연습으로 양분 삼아 우리 아이들이 진로와 일자리에 대해 더 깊게 고민하는 시간이 되었기를, '취업을 뛰어넘어 미래를 창조'하는 데 도움이 되기를 기대하며 프로젝트를 마무리합니다.

책을 마무리 하며

지금까지 아이들과 3권의 책을 출판해 보았지만, 올해처럼 힘든 적은 없었습니다. 앞으로 내가 아이들과 또다시 출판 작업을 할 수 있을까 싶을 정도로 정말 쉽지 않았습니다.

우선 아이들의 동기를 유발하는 자체가 너무 힘들었습니다. 예전에 함께 수업하던 아이들은 글쓰기 실력과 상관없이 책을 출판한다는 사실 하나만으로도 설레곤 했는데, 올해 아이들은 어떻게 된 일인지 책을 출판해보자 제안해보아도 큰 흥미를 갖지 않았습니다. 심지어 적반하장 식으로 왜 내 허락도 받지 않고 책을 낸다고 하여 이렇게 나를 귀찮게 하느냐는 태도를 보이는 아이마저 있었습니다.

사실 아이들이 이러한 태도를 보이는 것은 '학습된 무기력'에 빠져 있기 때문입니다. 초등학교와 중학교를 거치며 계속해서 실패를 반복하다 보니, 자존감과 자아효능감이 떨어지다 못해 지속적인 무기력 상태에 빠져버리고 말았습니다. 이런 아이들은 성적이 어떻게 나오든지 도통 관심도 없고 매사가 될 대로 되란 식이니 제대로 된 학습 활동이 일어날리 없습니다. 게다가 하고 싶지 않은 마음까지 존중받아야 하는 시대이다 보니 외부 요인에 인한 변화도 쉽지 않습니다. 오로지 자신의 의지가 아니라면 다시 시작하기가 어려운 상황입니다.

공고에서만 17년째 선생님으로 있는 저의 입장에서는 우리 아이들이 영영 재기불능 상태에 빠져버린 것은 아닌지 걱정스럽기만 합니다. 안타까운 마음에 어떻게든 설득하여 수업에 참여시키려고 해보았지만, 나를 어떻게 하려고 하지 말고 그냥 내버려 두라는 협박(?)마저 받았습니다. 하기 싫은 아이들을 하게 만드는 일…, 이런 일엔 누구보다도 전문가라고 생각했는데, 도로 아마추어가 된 것 같은 마음에 자괴감만 남았습니다.

하지만 속상한 일은 그것만이 아니었습니다. 문제는 저작권 기부 동의서를 받는 과정에서 일어났습니다. 학생 중에 뜬금없이 책에 절대로 자신의 글을 넣지 않겠다는 아이가 있었습니다. 평소 수업에도 열심히 참여하던 아이라 당연히 참여할 것이라 생각했는데 언뜻 납득이 가지 않았습니다. 그래서 이유를 물었더니 아이는 놀랍게도 공고 이름으로 내는 책에는 자신의 이름을 넣고 싶지 않다는 이야기를 하였습니다. 입장을 바꿔 생각해보면 전혀 이해하지 못할 일은 아니었지만, 공고 선생님으로서는 참으로 참담한 마음이 들었습니다. 가명으로라도 넣는 것은 어떻겠냐고 물어보았지만 아이는 아랑곳하지 않았습니다. 결국 아이의 글은 싣지도 못했습니다.

글쓰기를 지도하는 일 또한 만만치 않았습니다. 청소년들의 문해력 문제가 심각한 사회 문제로 거론되는 만큼, 우리 아이들의 문해력 수준도 그에 비례하여 전보다 훨씬 심각한 수준으로 떨어져 있었습니다. 두세 줄만 쓰고 나면 더 나아가지 못하는 아이들이 너무나 많아서, 일일이 옆에 붙어서 지도해주지 않으면 진행 자체가 불가능하였습니다. 이러한 경험이 아이들의 성장에는 의미 있는 과정이었겠지만, 지도교사 입장에서는 너무나 힘이 들었습니다. 팀티칭으로 아이들을 함께 지도한 하은민 선생님의 고생이 아니었다면 아마 이 책은 세상 밖으로 나오기가 힘들었을 것입니다. 지면을 빌어 하은민 선생님께 다시 한 번 감사드립니다.

테슬라의 CEO 일론 머스크와 샘 알트만이 설립한 OpenAI가 개발한 대화형 인공지능 채팅서비스 chatGPT(chat.openAI.com/chat)가 화제입니다. chatGPT는 네이버, 구글 같은 키워드 중심의 검색 엔진과 달리 사람이 주고받는 대화방식을 이용하여 정보를 검색할 수 있는 자연어 처리 모델입니다. 사람들끼리 대화를 주고받는 것처럼 원하는 정보를 얻을 수 있기 때문에 좀 더 친화적이고 더 다양한 정보를 알기 쉽게 전달해줄 수 있는 것처럼 느껴집니다. 각종 언어 관련 문제 풀이는 물론 랜덤 글짓기나 간단한 사칙연산, 번역, 코딩까지 도움을 받을 수가 있어 활용도 또한 높습니다. 최근에는 chatGPT로 의사 시험이나 로스쿨 시험에도 합격한 사례가 나왔다고 하여 큰 화제가 되었습니다. 인공지능이 저런 어려운 시험에 통과할 정도라 하니 그 실력이 너무나 궁금하였습니다. 그렇다면 우리 책 제목, 'AI와 로봇에게 우리가 일자리를 뺏기지 않는 법'에 대해서는 뭐라고 대답하였을까요?

chatGPT는 놀랍게도 인간이 협업을 강화하고, 새로운 직업을 창출하고, 교육을 재편성하여야 한다고 조언해주었습니다. AI가 AI에게 일자리를 빼앗기지 않는 법을 알려주었다는 것은 도둑이 도둑에게 도둑맞지 않는 방법을 가르쳐준 것이나 다를 바 없습니다. 도둑이 도둑맞지 않는 방법을 알려주었다면 그건 정말로 도둑맞지 않는 방법일 가능성이 높습니다. 그러므로 인공지능이 자신을 대처하는 방법에 대해 알려준 것은 그저 농담처럼 가볍게 웃어넘길 일만은 아닐지도 모릅니다.

우리는 미래의 일자리를 잃지 않기 위해 인공지능의 조언처럼 우선 서로가 협력하고 연대하여야 합니다. 그리고 미래 사회에 걸맞은 새로운 일자리를 창조하여야 합니다. 또한 새로운 교육으로 미래 사회에 대비하여야 합니다. 그런데 가만히 살펴보니 이러한 인공지능의 조언은 공교롭게도 우리의 수업 과정과 대부분 일치하는 것이 많습니다.

우리는 〈AI와 로봇에게 일자리를 빼앗기지 않는 법〉 프로젝트를 진행하며 서로 협력하며 아이디어를 생성하였고(협업), 전에 없던 새로운 창업 아이템을 창출(새로운 직업 창출)하였으며, 전통적인 교육 방법과는 다른 프로젝트 학습(PBL)과 학습자 중심 개별 맞춤형 교육과정이라는 새로운 교육 방식(교육 및 재편성)으로 수업을 진행하였습니다. 그러니 우리의 수업은 어쩌면, 민망한 자화자찬이지만, 정말로 AI와 로봇에게 일자리를 빼앗기지 않는 방법을 찾아가는 값진 수업이었을지도 모른다는 생각입니다.

2022년은 개인적으로 너무나 힘든 한 해였습니다. 수렁에 빠진 상황에서도 어떻게든 걸어갈 수 있었던 것은 곁에서 응원해준 가족과 동료들이 있었기 때문입니다. 지면을 빌어 사랑하는 나의 바깥사람(?)과 은유, 저를 격려해준 많은 동료 교사 선생님들에게 심심한 감사의 인사를 전합니다. 평생을 속 썩인 우리 어머니의 수술도 잘 마무리되었으면 합니다. 2023년은 제발 무탈하기를… 마지막으로 이 책이 부디 특성화고등학교 학생들의 진로에 대한 발상을 전환하고 영남공고의 위상을 높이는 데 조금이나마 기여할 수 있었으면 하는 바람입니다. 영남공고의 무운을 빕니다.

AI와 **로봇**에게
일자리를 빼앗기지
않는 법

발 행 일 2023년 2월 17일
글 쓴 이 영남공업고등학교 2학년 화공과·전자과 CEO 협의회
이제창, 하은민

발 행 처 매일신문사
주　　소 대구광역시 중구 서성로 20
전　　화 053) 251-1420~22

값　　15,000원
ISBN　979-11-90740-22-7